One World

みんなが誰かを
幸せにしている
この世界

Kitagawa Yasushi 喜多川泰

サンマーク出版

「誰かが好きなことを一生懸命がんばる姿っていうのは、
そいつが夢を実現したかどうか以上に、
周りの人の心に影響を与えるんだ」

目次 contents

装幀　岩瀬　聡

写真　武本花奈

ユニフォーム

uniform

佳純《よしずみ》は向かい風に逆らうようにペダルに体重をかけた。

両親から一文字ずつもらっただけだと、誰もがわかるような安直な名前が嫌いだ。

だから、親の名前を聞かれてもできるだけ応えないようにしている。

「ひろし」「せいじ」「きっぺい」……。

呼ばれてかっこいい名前にしてほしかった。

佳純のことを「よしずみ」と呼ぶ人はいない。先生も野球のコーチも、クラスメイトもチームメイトもみな「安田《やすだ》」と名字で呼ぶ。ただ一人、最近チームに加わった新しいコーチを除いて。

いつの間にか、秋風が冷たい季節になっている。

ビュウッと時折、耳に響く強い向かい風の中を、一蹴り、一蹴り、立ちこぎをしながらペダルを踏みしめる。

身体の割には大きめの自転車は、立ちこぎをするとサドルが激しく左右にダンスする。

息が上がってくる。

「はぁ、はぁ」という自分の呼吸音だけが妙にハッキリと聞こえる。

磯《いそ》の香りがしてきた。グランドが近づいた証拠だ。

道路沿いには高いコンクリートの塀が続き、中の工場から、昼休みの終了を告げるサイレンが聞こえる。日曜は工場が休みのはずだが、サイレンだけは鳴る。

「急がないと……」

目に砂埃《すなぼこり》が入り、思わず「うっ」と声を漏らした。

ヘルメットのひさしをグッと下げる。

身体が大きくなることを見越して四年生のときに買った大きめのヘルメットは、いまだに佳純の小さな顔に似合わない。

グランドが視界に入るところまで来ると、ちょうど一塁側のベンチの前でみんなが二列に並んでいる姿が見えた。ランニングが始まるところだ。

「やばい」

佳純はより一層力を込めてペダルを踏んだ。膝が笑っているのが自分でもわかる。

「行くぞー」

先頭のキャプテンの号令に全員で「オー」と応える。

走るテンポに合わせて誰かが「1、2、1、2」と声を出すと、みんなで「1、2、1、2」と声を出す。佳純は自転車を投げ出す勢いで止めると、グローブとバットをかごから引き抜いてグランドに急いだ。

ベンチ前にグローブとバットとヘルメットを並べると、吉井《よしい》監督の前に立って、

「すいません」

と遅れたことを謝罪した。

小柄で細身、神経質な内面を絵で描いたようなこけた頬に、シワだらけの真っ黒な顔の吉井監督は、恐い顔を崩すこともなく、腕組みをしたまま顎をしゃくった。「さっさと行け」という合図だ。総監督の吉井にはBチームの補欠である佳純が遅れて来ようが、どうでもいいのだろう。実際、ユニフォームの左胸に、縦に大きく書かれている「安田」という字がなければ、佳純の名前すらわからないのではないだろうか。

佳純は「すいませんでした」ともう一度声を出すと、ちょうどグランドを一周してきたランニングの列の最後尾についた。

ベンチの奥で腕組みをしていた有馬《ありま》コーチと目が合った。笑っている。佳純に向けられた表情が「気にするな」と言ってくれているように感じた。

有馬は数か月前から練習に参加するようになった代理コーチだ。

Bチームの監督をしている日野《ひの》コーチが入院することになって、その期間だけ来てくれ

ることになった。

日野コーチは、おなかが異様に出ていて、ノックをするとき、ボールを渡す佳純にまで聞こえてくる大きな鼻息は、どう考えても健康とはいえない。おまけにヘビースモーカーだったから入院も当然のことだろう。代わりにやってきた有馬コーチは佳純の野球チームのOBで、なんでもアメリカに留学中、野球の指導を勉強してきたらしい。そのことで、地元から出たことなんてない他のコーチたちからは嫌われているようだ。


「試合しようか」

有馬コーチが最初に言った言葉だった。

チームの練習は、ランニング、柔軟体操を全員でやったあと、Aチーム、Bチームに分かれて別々のグランドでキャッチボール、トスバッティング、フリーバッティング、ノック、ベースランニングとメニューが決まっている。フリーバッティングとノックは前半が全員参加、後半の時間はレギュラークラスの練習時間に充てられる。レギュラーメンバーのためのシミュレーションノックになると、Bチームでも補欠の佳純はだいたいランナー役か、日野コーチにボールを渡す役だった。

だから「試合しようか」と有馬が言ったとき、みんな戸惑ってお互いの顔を見合わせてしまった。なかにはセンターの向こう側にあるA面、つまりAチームの練習場の方に目をやった者もいる。そんなことをして吉井監督に怒られないのかが気になっている。吉井はいつものようにキャッチボールをしている選手たちの間を腕組みをしたまま行ったり来たりしている。

「試合……ですか？」

「ああ」

「いいんですか？」

「だって、野球をしに来たんだろ」

みんなの顔色が変わった。

「はい！」

「よし、じゃあ二つのチームに分けよう」

全員から喜びの声が上がった。佳純は先攻のチームで8番、サードに決まった。

実はその試合が佳純が出た最初の試合だった。

日野コーチには、それまで試合で起用してもらったことはなかったのに、有馬コーチになった初日に試合に出してもらえたことに、佳純は興奮した。もちろん佳純だけじゃなく、Bチーム全員二二人が試合に出た。それぞれのチームが三人ずつのピッチャーを使った総力戦だった。

最初の打席に立つとき、佳純はガチガチに緊張していた。

初球。

投げ放たれたボールはどんな球でも打とうとしなければならない競技であるかのように、佳純は、投げられた瞬間に、スイングを開始した。

ボールとバットがきっと五〇センチ以上離れていたような外角のボール球だ。「えいっ！」という感じで目をつぶっていた。ピッチャーはBチームのエース高須賀《たかすか》だ。球が速い。

「ボールをよく見ろ、ボール球じゃないか！　そんな球を振ってどうする！」

日野コーチならそう言ってあきれ顔をしただろう。

ところが、球審をしている有馬から飛んできた声は違っていた。

「ナイススイング！　いいぞ、その調子だ」

佳純は思わず球審を見た。マスク越しに有馬は笑顔でもう一度同じことを言った。

「いいぞ！　ナイススイング！」

佳純が気持ちの整理がつかないうちに、ピッチャーは二球目の投球動作に入った。

佳純は思いきり振った。エースの速い球に腰が引け、思わず目を閉じてしまう。

「ストライク！」

今度も低めのボール球だった。

「いいぞ、いいぞ。お前のフルスイングには打てそうな予感がある」

有馬はそう言った。

佳純は「はい！」と返事をしてうなずいて、バットをかまえ直した。グリップを握る手に力が入る。手にかいた汗で滑らないように、何度もユニフォームに手のひらをこすりつけて汗をぬぐった。

「ちゃんとボールを見よう」

佳純は固唾《かたず》をのんでピッチャーを見つめた。

ピッチャーがサインにうなずき、振りかぶった。

「来る」

佳純は左足を上げて重心を右足に移動させた。

投げた。

「来た！　これだ」

思った瞬間に、身体が反応してスイングを始めていた。

すべての力をバットに込める。

初めの二球と違ってボールをよく見て判断をした……つもりだった。

打てると思ったその球は、佳純の頭の高さを通過するボール球だった。

いわゆる「釣り球」ってやつだ。

バットを振るというよりも、空振りをしたバットの重みで身体がふらついて、ぶかぶかのヘルメットがホームベース上に落ちた。

見事な三球三振だった。

惜しさのかけらもない三球だった。どの球もバットから遠く離れたところを通過しているということが佳純にもわかっていた。バットスイングも筋力が足りず、軌道が波打っている。

ところがベンチに帰ろうとする佳純を有馬はハイタッチで送ってくれた。

「ナイススイング！　あれでいいんだぞ。お前はいいバッターになるぞ。次も思いっきり振っていけ」

「は、はい……」

佳純はかろうじてそう返事をした。

サードの守備についた佳純は一球一球、集中していた。

アウトカウントやランナーの有無を確認して、ボールカウントによって自分のところにゴロが来たらどうするか、フライならどうするか、しっかり確認した。

これほど集中した練習はそれまでになかった。そして、これほど楽しい練習も、それまで一度もなかった。

5対3。2点リードのまま迎えた最終回。佳純と同じように、この日初めて試合のマウンドに上がった山村昭憲《やまむらあきのり》が、Bチームのレギュラークラスの選手に連打を浴び、あっという間に一点差。なおワンアウト、満塁というピンチを背負っていた。

佳純はゴロに備えた。三遊間のヒット性の当たりを華麗にさばいて5－4－3のダブルプレー。イメージではそんな感じだ。

自信なさそうに山村が投じた初球を、相手の選手が自信満々に振り切った。

「キン！」

という金属音とともに、鋭い打球が三塁線に飛んできた。

ショート寄りにポジションをとっていた佳純は慌てて右に飛びついた。

「パスッ」

という音とともにボールがグローブに収まった。捕ったというよりも入った。

「おおっ」という驚きの声があがったのが佳純にも聞こえた。

さっと起き上がって、三塁ベースを踏む。

「ツーアウト！」

佳純は心の中でそう確認しながら、そのままノーステップで一八〇度、身体を反転させて一塁に渾身《こんしん》の力で送球した。

佳純の短い指にうまく引っかからなかったボールは、一塁手がベースを離れても届かない悪送球となった。ファウルグランドを転々とするボール。ライトは慌てて自分の役割だと気づきボールを追い始めたが、時はすでに遅かった。ライトも今日初めて試合に出た二川《ふたがわ》だったから仕方がない。その間に一塁ランナーまでホームインしてサヨナラ負けを喫した。

2打数2三振、飛んできたボール1、エラー1、しかもサヨナラエラー、というデビュー戦。自分のせいで負けたという気まずさをどう紛らわせればいいのかわからず、佳純は無表情のままでいた。

センターの向こう側にあるAチームのグランドではシートノックが始まろうとしていた。佳純たちBチームは練習試合を終え、ベンチ前で輪になって座っていた。

中心には有馬コーチがいた。

「どうだった?」

有馬コーチの問いかけに口を開く選手はいなかった。

一人ひとり試合の反省を言っていった方がいいような雰囲気が漂って、Bチームのキャプテンの高橋《たかはし》が手を挙げた。日野コーチの試合後のミーティングはいつもそうだ。それぞれに反省点を挙げさせて、どうしてあんなことをしたのか。どうしてあんな球に手を出したのかと懇々と説教される。

有馬は、その挙手を右手で制して、一人ひとりについて印象に残ったプレーを挙げていった。

「昭憲が高橋に投げた二球目の外の球。あれはすごかったたな。あれは強烈な武器だな」

昭憲はその次の球を高橋にセンターオーバーのツーベースを打たれたにもかかわらず、そのことには一切触れず、有馬コーチはすべての選手のいいところを挙げていった。

佳純も褒めてもらった。

「スイングも守備も、全力でトライしているのが素晴らしい。ナイストライだ。挑戦すると失敗することもある。でもそれでも挑戦するのは勇気がいることだ。特に最後の守備。抜けていたら負けていたものをよく止めたな。プロ顔負け。思わず『おおっ』て声が出たもんな。チームを救おうと果敢にノーステップでダブルプレーにも挑戦したろ。あの気持ちを忘れるなよ。いつかお前のプレーが、お前の一振りがチームを救う日が来るからな」

「あの悪送球で負けたんだぞ！」

見えるはずのない日野コーチの表情が有馬の隣に浮かんだ。有馬は「あの気持ちを忘れるな」と言ってくれた。

有馬に一人ひとりが褒めてもらえたことで、いつもなら子どもたちの間で起こる、誰の責任で負けたかという戦犯捜しもなかった。

佳純はその日の帰り、上機嫌だった。

チームに所属して約一年。一度も試合に使ってもらったことがない万年補欠の佳純は、実はもうチームをやめたいと思っていた。

ところが有馬コーチが来たその日、たった一日で気持ちががらっと変わった。

「もっと野球をやりたい」

それから佳純は練習が好きになった。

それだけじゃない。家でも練習するようになって、少しずつうまくなってきているような気がする。佳純の様子の変化に母親の結佳《ゆか》も気づいて声をかけてきた。

「何だか最近、練習楽しそうじゃない」

「うん。今のコーチがすごいんだよ。有馬コーチっていってね。アメリカで野球の指導を勉強してきたんだって」

佳純は有馬コーチの話を自分のことを自慢するように家で話した。その言葉を聞いている結佳も嬉《うれ》しくなった。

グランドを走り終わって柔軟体操をしたら、いつものようにAチームはそのままの場所で練習をして、Bチームはセンターの向こう側にある通称B面に移動してそれぞれの練習をすることになる。

佳純はみんなで柔軟体操をやったあと、遅れてきて足りない一周分をひとりで走り、ベンチ前に戻ってきた。

もうBチームの子どもたちは誰もいない。Aチームの子どもたちはキャッチボールをしていたから、ベンチにいたのは吉井監督と有馬コーチの二人だけだった。

ベンチ前にぽつんと残っていた自分のヘルメットをかぶり、グローブとバットを拾い上げようとした佳純に、吉井と有馬の会話が聞こえた。

「まあ、力量によっては日野コーチが復帰してからもサポートとして続けてもらうことも考えてはいたが、チームの伝統とかやり方を無視して、こうも勝手にやられるんじゃあなぁ……それに、君のやり方だとチームが強くならないからなぁ。まあ、来週までということだな」

「それでも、子どもたちは野球をだんだん好きになってきています……」

「うちのチームは、仲良しおままごとじゃないんだよ。まずは試合に勝つ喜びを教えてやらなきゃいかん」

「好きで始めたものを、もっと好きにしてあげるのが、子どもたちに関わる指導者の務めだと思っています」

「そんな自分勝手な理屈を通したければ、自分でチームを作って、そのチームでやればいい。人のチームで勝手にやるんじゃねぇよ」

走り去る佳純には、吉井のトゲのある言葉だけがかすかに届き、その後の有馬の言葉は聞こえてこなかった。

それでも、いろんなことが佳純にもわかった。

日野コーチがそろそろ復帰するということ。有馬コーチがやめさせられるということ。

そして、吉井監督は有馬コーチのやり方をよく思っていないということ。

Bチームのグランドでは、みんなが寄ってたかって逃げ回る二川に砂を投げつけてキャッキャッ騒いでいる様子が遠目に見える。遊んでいるようにしか見えないが、これも有馬コーチが始めたルールだ。

キャッチボールのときに、相手が捕れない球を投げてしまうことがある。

そのときには「すいません」「ごめん」と言って、捕れなかった人も、投げた人も一緒にボールを取りに行く。

「もっと相手のことを考えて投げろ」

と日野コーチからは怒られていたのだが、有馬コーチがその様子を見て、Bチーム全員を集めた。

「相手を困らせようと思って投げてるの？」

あまりの唐突な質問に子どもたちはみんな変な顔をした。

「相手の胸を狙って投げてるけど、うまくいかなかっただけだろ。だったら謝る必要ないよ。これから、悪送球して謝ったやつがいたらみんなで砂をかけてやれ！」

みんな半信半疑で、やっていいのかどうかためらっていたが、今では鬼ごっこのような追いかけっこをしながら砂かけを楽しんでいる。一度身についてしまった習慣はなかなか抜けることがなく、投げた瞬間に失敗したことがわかると、つい反射的に「ごめん」って口にしてしまうのだ。

「これはイップスにならないためにやるんだ。怒られたり、失敗したりして、萎縮してしまうと緊張したときに筋肉が普段どおり動かなくなってしまう。プロでもボールが投げられなくなってしまう人がいるんだよ」

有馬はちゃんと説明してくれたが、子どもたちは何のことかよくわかっていなかった。

結局その日、佳純は集中できないまま練習を終えた。

練習後、いつものようにベンチの前に輪になって座った子どもたちに、有馬は言った。

「来週は、試合用のユニフォームで来ること」

子どもたちは一瞬にしてざわつき始めた。

「えっ、どこかが試合に来るんですか？」

「いや、Aチームとやる」

「ええっ!?」

子どもたちは驚いた。自分たちで相手になるのかという不安が、どの子どもの顔にも浮かんでいる。

Aチームの子どもたちは学年も一つ上の子が中心で、なにより、身体が大きい。投げる球の速さ、打球の飛距離、どれを比較しても身体の小さい子の集まりであるBチームよりも勝っているのを、みんなも知っている。

有馬は自分も腰を落として、小さい声で言った。

「ここだけの話にしろよ。俺は、お前たちの方がAチームより強いんじゃないかと思ってる」

子どもたちはざわついた。

「だから、お前たちも自分を信じてみろ。やる前から自分たちの方が弱いなんて思わないで、俺がお前たちのことを信じる以上に、お前たちが自分のことを信じてみろ。俺たちの方が強いかも知れないって」

「……」

どの顔にも困惑の表情が浮かんでいる。有馬はすかさず言った。

「この前の大会でAチームはどうだった?」

「コールド負けでした」

「そうだ。お前たちもそれを見ただろ。あのチームは自分よりも弱い相手には、負けるはずがないという強気な姿勢でプレーをするが、自分よりも強いチームに対しては、簡単に萎縮するチームだ。つまり、あのチームだって強いわけではない」

「はい……」

「お前たちの心が最初から最後まで負けなければ、勝つチャンスはあるぞ」

「はいっ!」

全員の声がそろった。

ベンチ前に一列に整列して、キャプテンの号令でグランドに一礼すると練習が終わった。

有馬は佳純を呼び止めた。

「佳《よし》、こっちへおいで」

佳純は無言で有馬のもとへ歩み寄った。

「佳、さっきの聞こえただろ」

佳純は黙ってうなずいた。有馬は一つため息をついた。

「残念だけど、俺は来週でおしまいだ」

佳純は黙って足下を見ていた。何か言おうとしたが、言葉を発した瞬間、涙が出そうだったので唇をかみしめた。それでも、伝えたいという思いが口を開かせた。

「僕、本当はやめたいって思っていました。コーチが来て……僕、だからコーチがやめたら……僕」

佳純の目から涙がぽろぽろあふれ出した。

「佳。やめるのはもったいないよ。だって好きで始めたんだろ」

佳純は誕生日に両親に連れていってもらったプロ野球の試合をきっかけに、野球の虜《とりこ》になった。スター選手の名前がコールされると、どよめきとともに球場全体が揺れるほどの歓声が上がる。すべての視線がバッターボックスに注がれる。

そのかっこよさにしびれた。そして憧れた。

「自分もああなりたい」

その日の帰りに父親に、野球を習いたいと言ったのだ。

「好きで始めたものなんだから、もっともっと好きになるようにこれからも練習していこうぜ」

「でも……僕は、下手だし。他の子に比べてまったく打てないし……」

佳純の言葉は、ほとんど言葉になっていなかった。

「佳。お前はチームで一番小さいのに、一番思い切りのいいプレーをする。思い切りバットを振るし、チームのために挑戦する。そこで空振りになったり、悪送球になったりして試合に負けてしまうかも知れない。でも、そのプレースタイルを続けていけば、将来一番輝くのはお前だ。だから、今は負けてもいいじゃないか。今は三振でいいじゃないか。それに……」

有馬は佳純の頭に手をのせた。

「お前は、俺の子どもの頃によく似ている」

「えっ？」

佳純は顔を上げた。

「俺も、子どもの頃チームで一番小さかったんだ。だから試合に使ってもらえなかった。力もないし、バットにきれいに当たっても外野の手前までしか飛ばなかった」

今は身長が一八〇センチを超えるほど大きな有馬を佳純は見上げた。

「でも、ずっとやめなかった。だから今でも野球が好きだし、こうやって野球にかかわる仕事に就いている。どうしてそれができたかわかるか？」

佳純は首を振った。

「実はある日、俺より小さいやつが入ってきたんだ。そう、今のお前より小さい。そいつは、投げる、打つ、走る、守る。野球のどの要素をとってもチームの誰よりも下手だった。でもいつ誰に聞かれても笑顔でこう言うんだよ。『僕は、将来プロの選手として活躍する』って。最初はみんな笑ってた。俺も笑ってたんだ。お前がなれるなら誰でもなれるって言いながらね。でもそいつは中学、高校になっても野球をやめなかった。そして俺はずーっとチームメイトだった。その間そいつはずっと変わらなかった。『将来プロの選手として活躍する』って言い続けていたんだ。そうしたら、どうなったと思う？」

「プロの選手になった……？」

有馬は首を振った。

「俺たちのチームは甲子園にも行った。チームメイトではエースとキャプテンがプロの選手になった。でもそいつは俺の知ってる限り、一度も公式戦で使ってもらえない3番手のピッチャーだった。甲子園ではベンチにすら入れなかった。それでもやつは本気だった。本気でプロで活躍する選手になることを目指していたんだ。チームメイトでプロになったエースは東京ボンバーズの桑原《くわばら》、キャプテンは大阪ライオンズの佐伯《さえき》だ。知ってるだろ」

佳純は顔を輝かせて、うなずいた。二人とも佳純の憧れの選手だ。その選手たちと有馬が一緒に甲子園に行った仲間だという事実だけで興奮した。

「彼らがそれぞれ新人賞をとったとき、インタビューで言ったことを知ってるかい？」

佳純は首を振った。

「二人ともこう言った。『僕はあるチームメイトのおかげでここまで来られた。そのチームメイトがいなければ、野球を通じて成し遂げたすべてのことがなかっただろう』。そのチームメイトが俺より小さかったその彼だよ。一番身体が小さい彼が、どこまでも夢を諦めずにがんばっている。俺たちが諦めている場合じゃないって、誰もが思っていたんだ。そして、今は誰もが気づいている。他のみんながずっと野球を続けられたのも、甲子園に行けたのも、二人がプロで活躍できるようになったのも、俺が今こうして野球をしていられるのも、あいつのおかげだって」

「その人は、今も野球を……？」

有馬は首を振った。

「今は弁護士の卵だ。でも草野球チームで今でも俺と野球を楽しんでる。そいつと一緒にプレーした奴《やつ》はみんな『あいつのおかげで今の自分がある』って言うんだ。俺も同じ。本当にそう思う。誰かが好きなことを一生懸命がんばる姿っていうのは、そいつが夢を実現したかどうか以上に、周りの人の心に影響を与えるんだ。わかるか？」

佳純は黙って聞いていた。

「お前は、気づいていないかも知れない。でも、佳がフルスイングをする姿は、他のチームメイトに勇気を与えてきたんだ。果敢にボールに食らいつく姿は、チームメイトにあいつががんばっているんだから俺も負けられないという強さを与えてきたんだよ。一番身体が小さいあいつがあんなにがんばっているんだ、俺も負けないぞってみんな思っているんだ。周りに勇気を与える、佳みたいな存在も、試合で活躍する以上に、かっこいいと思わないか？」

佳純は自然と背筋が伸びた。

「おっ、いい顔になったな。自分に自信があるって顔だ。その顔で行こうぜ」

佳純はうなずいた。

背番号は5番。背番号の上には「YASUDA」と名前も入っている。サードのレギュラー番号だが、佳純が入った時期にちょうどやめたAチームのサードがつけていた番号だ。佳純のチームはプロ野球チームと同じように、レギュラーだからといって1番から9番をつけるというわけではない。実際にAチームのサードのレギュラーは45番の十亀《そがめ》くんだ。着替えて部屋から出てきた佳純を見て、母親の結佳が声をかけた。

「今日は、試合なの？」

「うん」

「そう。気をつけて行ってらっしゃい」

「うん」

いつもと同じ会話だ。結佳が「がんばってね」と言わないのは、今まで試合に一度も出たことがない佳純に気をつかってのことだ。試合用のユニフォームが汚れて帰ってきたことは一度もない。それでもベンチで声を出したり、出番がないグローブやバット、ヘルメットやスパイクを持ち歩いたり、チームの道具などを持ち運ぶと汗をかくのだろう。アンダーシャツだけは汗で濡れていた。

子どもが着て帰ったユニフォームを見れば、試合を見に行かなくても、どんな一日だったのか手にとるようにわかる。母親になってみなければわからないことがあるものだと結佳はいつも思っていた。

そして、汚れひとつないユニフォームを洗濯機に入れながら、届くはずもない声で、「負けるな。がんばれ」と佳純に対してつぶやく。

その瞬間は何だか涙ぐんでしまう。

「かあさん」

佳純が声をかけた。

「ん？」

「今日、見に来てよ」

結佳は驚いた。

「試合に出るの？」

「わからない。でも出られなくても、チームが勝つために必死で応援してるから。だから、見に来てよ」

「……うん、わかった。じゃあ、あとで行くね」

佳純は嬉しそうだった。

今まで一度も見に来てほしいなんて言ったことはない。

佳純としても試合に出られないのを見られるのは恥ずかしいことだ。でも今日の試合だけはたとえ試合に出られなくても見に来てもらいたいと思った。

佳純はいつもより早めにグランドに着いた。

空気は冷たいが、風はなく太陽が身体を温めてくれた。

同じグランドでキャッチボールをするとAチームの選手は誰もが一流の選手に見えてくる。投げる球が速い。それを素早くさばいて相手に返す動きにも無駄がない。何より同じ小学生とは思えないほど身体が大きい。それだけで強そうに見える。キャッキャッ言いながらキャッチボールをしているBチームは何だか遊んでいるみたいだ。

それでも有馬は、いつものように笑顔で佳純たちの周りを回り、時折起こる、砂かけの儀式にも子どもたちに交じって参加していた。

試合前のベンチに全員が集まった。

輪の中心には有馬がいる。

「座ろう」という号令と同時にみんな座った。

一塁側からは「はい！」というそろった声が聞こえる。帽子をとって直立不動の子どもたちがつくる輪の中心には吉井監督がいるのだろうが背の高い選手たちに隠れてその姿は見えなかった。

「実はな……」

有馬が話し始めた。

「来週から日野コーチが復帰する。だから今日が、俺がコーチできる最後の試合だ」

「ええっ……」

　子どもたちから驚きと不安のまじった声が上がった。

「だから、どうしてもお前たちに今日は見せてほしいものがあるんだ」

　子どもたちは無言でうなずいた。

「みんな野球が好きで、このチームに入ったんだろ？　好きな選手、憧れの選手がいて、自分もそうなりたくてここに来たんだよな。だから一球一球、自分の憧れの選手だったらどう思うか、何をしたいと思うか、自分で考えてみよう。そして自分がそれをやってみようぜ」

「はい！」

「試合の中では一球ごとに、俺の中ではヒーローが生まれていくんだ。空振りだって、思い切り振れば、チームメイトに勇気を与えるし、相手ピッチャーに嫌な予感を与える。見逃し三振だって、トボトボ帰ってくるんじゃなく、自信を持って帰ってくれば、狙い球が外れただけだと思われるから相手に迷いが生まれる。それはファインプレーだ。例えば、セカンドゴロをさばいて一塁でアウトにする。ゴロを捕ったセカンドもヒーローだし、セカンドからの送球を捕ったファーストもヒーローだけど、セカンドがトンネルしたときに備えて前進してきたライトも、ファーストの後逸に備えて一塁側に走ったキャッチャーも、俺の中ではヒーローだ」

「はい！」

「みんなで、今日のヒーローになろうぜ。勝っても負けてもいい。お前たちが一球一球ヒーローになっていく姿を俺に見せてくれ。それだけが願いだ」

「はい！」

川を挟んだ向こうにある工場から、お昼休み終了のサイレンが聞こえた。それはまさに試合開始の合図のように感じられた。

「よし、行ってこい！」

「はい！」

佳純は先発メンバーから外れた。それでもベンチから大きな声を出して応援した。ヒーローを探して、

「いいよ、今のスイング」

「レフトのバックアップ、いいよ」

と声をかけていった。そして声を出すたびに、一人ひとりの一球に対する動きが大きくなっていった。

Aチームのエース黒木《くろき》はさすがだった。Bチームの打者を寄せつけず、アウトの山を築

いていった。3回を終わったとき許したランナーはフォアボールによる一人。一方のBチームもエースの高須賀がふんばっていた。ヒットを打たれはするものの、守備陣もふんばり、残塁6の無失点に抑えていた。

吉井のイライラした声がグランドに響き渡る。

「お前らBチームに負けたら、グランド二〇周だぞ。それから、お前らの方をBチームにするからな」

イライラしてはいるものの、勝つに決まっているという余裕がまだ感じられる。

4回表、先頭バッターがフォアボールを選んで塁に出た。

「佳、行けるな」

佳純は驚いた。

「えっ、でも……」

打順は3番。Bチームでもミートがうまい山根《やまね》だ。佳純が代わりに出してもらえるような場面じゃないような気がした。

「行かないのか?」

「あっ、行きます」

「よし、行ってこい！　いいか、憧れの選手のように振る舞えよ」

佳純はコクリとうなずいた。交代のサインを見てベンチに戻ってきた山根とハイタッチをするとバッターボックスに歩いて向かった。代打が佳純だとわかると相手バッテリーから余裕の笑みがもれた。

ヘルメットをとってペコリとお辞儀をしてからバッターボックスに入った。

「プレー！」

球審の声がかかる。Aチームの誰かのお父さんだ。

一球目、黒木の球がうねりを上げる。

「ストライク」

アウトコース低めいっぱいに決まった。佳純は手が出なかった。

「速い……」

Bチームのエース高須賀よりも一段と速い球だった。

「佳！　こっちを見ろ」

有馬コーチの声に、三塁側のベンチを振り向いた。有馬は無言でうなずきながら胸に手を当てた。

「気持ちで負けちゃいけない」

佳純は自分に言い聞かせて、黒木を見据えた。

黒木が二球目を投げた。

佳純はその瞬間フルスイングをした。ストレートがど真ん中に入ってきた。

「キン！」

「あたった！」

佳純自身が一番驚いた。

球威に押され、力なくハーフライナーのように上がった打球がセカンドの定位置付近にフラフラッと上がった。ところがそこにセカンドがいなかった。バントしかあり得ないと決め込んだファーストとサードは投球と同時に猛ダッシュで突っ込んできたが、フルスイングを始めたとき全身を硬直させて立ち止まった。一塁のベースカバーに向かったセカンドも、もう定位置まで戻れないままファーストの定位置あたりで打球を見送るしかなかった。

一瞬だが時間が止まったかのように誰もが立ちつくしてしまった。その中をフラフラ上がるボール。たしかに胸に手を当てるのは、両チームに共通したバントのサインではある。でも、この日のBチームはノーサインだ。有馬が胸に手を当てたのは、

「落ち着いて行け」

という意味以外、佳純には考えられなかった。

「走れ！　走れ！」

チームメイトの声が響く。力なく転がるボールに外野が前進してくる。ボールを拾い上げたときには、一塁ランナーは三塁手前まで来ていた。ノーアウト一・三塁。人生初の、そしてこの試合チーム初のヒットだった。ベンチが興奮に包まれている。

「いいぞ、安田！　ヒーローだ！」

「チッ。一本ヒット打ったくらいで」

黒木は打ち取った当たりで招いたピンチにイラつきを隠さなかった。

その様子を見たキャッチャーの市川《いちかわ》がマウンドに駆け寄る。

「黒木」

「来るなよ。大丈夫だよ。相手はBチームだぞ」

「ああ、わかってる。これからも代打続きっぽいしな。でも、ストレートだけで押すのをやめて、チェンジアップも入れていこう。それに今のは完全に失投だぞ。ど真ん中の力のないまっすぐ。普通の試合ならホームランだ。Bチームだからって相手をなめてるとああなるよ」

「ああ、わかった。もう手を抜かない。とにかく三人を三振で仕留める」

キャッチャーが定位置に戻り、プレーがかかかった。

バッテリーはそれまでノーサインでストレートをバンバン投げ込んできたが、配球を考え始めた。

「初球は外角に外れるチェンジアップで空振りをとろう」

市川のサインに黒木はうなずいた。

黒木の目には、先ほどまでになかった気合いがみなぎっていた。

投球動作に入る直前、佳純はスタートを切った。

タイミングは完璧だ。シミュレーションノックでランナー役ばかりをやってきた佳純は、スタートのタイミングには自信があった。腕を思い切り振る。ぶかぶかのヘルメットが走るのに合わせてずれる。

「ランナー走ったぞ」

という声が内野手から上がる。チェンジアップの緩い軌道がキャッチャーミットに収まる。狙いどおりの空振りだ。

「クソッ」

市川は素早く立ち上がったが、佳純のスタートは完璧なタイミングだった。

「間に合うか」

「投げるな！」

一塁ベンチから吉井の声がしたが、市川の身体は止まらなかった。

「フンッ」

セカンドと佳純は競うようにベースに向かって走った。

佳純は足から滑り込んだ。

「ドンッ」

という音とともにボールが一塁方向に転々とした。

送球したボールは佳純の背中に当たって、あらぬ方向に転がっていた。

「ゴー、ゴー、ゴー」

三塁コーチが、腕をグルグル回した。三塁ランナーが生還した。

三塁側のベンチではみんなが嬉しそうにハイタッチをしている。

佳純はセカンドベース上で、ガッツポーズをした。ボールが当たった痛みなんてまったく感じない。爽快感と興奮が佳純を包んでいた。

バックネット裏に、母親が見に来ていないか姿を探したが、見つからなかった。代わりに、見たこともない小さな少年が父親に連れられて試合の様子を見つめていた。心なしか佳純の方ばかりを見ているような気がした。

結局その回、宣言どおり黒木が三人を三振で切ってとって、得点はその1点止まりだった。

試合は1対0のまま最終回の6回を迎えた。Bチームのピッチャーは3番手の山村がマウンドに上がっていた。

Aチームは連打であっという間にノーアウト一・二塁という状況を作った。雰囲気は完全にAチームに流れが来ている感じだった。吉井監督のサインにうなずくバッターは2番バッターだ。佳純は送りバントに備えたが、さすがにAチームの2番打者はどのような状況でも送ってくる。ピッチャー前に教科書どおりのバントを決め、ワンアウト二・三塁になった。バッテリーは満塁策をとって3番バッターを敬遠。ワンアウト満塁で4番の市川を迎えた。

内野手がマウンドに集まった。

「昭憲、勝負していこうぜ」

「そうだ」

佳純も声をかけた。

みんなの思いは同じだと思った。

みんな定位置に戻った。佳純は乾いた秋風を吸い込んで、一つ大きな息を吐いた。

「来い！」

みんないい顔をしていた。

結佳は並んでいる自転車の間に、自分の自転車を投げ入れてバックネット裏に急いだ。自転車置き場から、三塁の守備についている背番号5が見えた。このチームの背番号5は佳純しかいない。

「試合に出ている」

驚いた結佳は急いでバックネット裏に向かって駆け出していた。駆け足は自分でもこんなにちぐはぐだったかと思うほど、足がもつれて前に進まない感じがした。

チョークで書かれたスコアボードを見ると、1対0で佳純のチームが勝っているようだ。野球のことをよく知らない結佳だったが、何だか緊迫したシーンであることは伝わってくる。

バックネット裏に入ると、

「次の一球でこの試合は決まるだろう」

隣で見ている男性が、小さな子どもに話しかけた言葉が聞こえた。

結佳は座る間もなくグランドを見つめ、手を組んで祈った。

「何だかわからないけど、よくわからないけど、お願い」

自分でも何に対して、何をお願いしているかわからない。結佳の胸は締め付けられるように高鳴った。

「キンッ！」

強い金属音とともに目にもとまらぬほどの鋭い打球が三塁線に飛んだ。

佳純は反射的に飛びついた。強い打球はグローブを弾き、転がった。

佳純は起き上がると慌ててそれを拾い上げ、三塁ベースを踏んだ。

「ツーアウト」心の中でつぶやく。

身体をめいっぱいひねり、ノーステップで反転する。あの練習試合から何度も練習したノーステップスローだ。

指先にかかったボールに最後まで力を伝える。懸命に走る市川とボールの競争になった。

佳純の投げたボールがわずかに速い。タイミングはアウトだがボールが高いか。ファーストがジャンプした。捕れれば勝てる。

「あっ」

無情にもボールはファーストのミットをかすめて後ろに転がっていた。

思わず声が漏れた。三塁ランナーはすでにホームインしている。同点になってしまった。

悪送球を見た一塁ランナーも三塁を蹴ってホームに向かった。

が、いるはずのない二川が一塁手の後ろのファウルグランドにいた。ライトからバックアップに来ていたのだ。二川は転がるボールを素手でつかみ、懸命にバックホームをした。クロスプレー。タイミングはきわどい。

ランナーもキャッチャーも審判の目を見た。

握りしめた結佳の両手は震えていた。

親指を立てた審判の手が突き出される様子が、佳純にはスローに見えた。

「アウト」


同点のまま最終回が終わった。

ベンチに引き上げてきたチームメイトにうつむいたままの佳純は、

「ごめん」

と謝った。自分のせいで勝ちを逃してしまった。

佳純は今にも泣き出しそうだった。

最初に砂をぶつけてきたのは二川だった。そこからみんなで砂かけが始まった。

「かっこよかったぜ、今のプレーは。謝るなよ。あの悪送球で二川がヒーローになれたんだし」

三塁ベンチ前は勝ったような大騒ぎになった。


「ただいま」

佳純が帰ってきた。

結佳は試合が終わると、すぐに帰ってきて夕飯の支度をしていた。

「おかえり。先にお風呂に入りなさい」

「うん、そうする」

試合は引き分けで終了したいと言った有馬の意見が通らず、吉井の要請どおり延長戦を行い、7回裏に山村がスリーランを打たれてサヨナラ負けになった。

リビングでは父の純平《じゅんぺい》がビールを飲みながら雑誌を読んでいた。

「今日は惜しかったらしいな」

「うん。試合は負けたけど、野球がもっと好きになった」

「そうか。それはよかったな」

「うん。それに、今日、新しい子がチームに入ったんだ。僕よりも小さい子。その子ね、僕の活躍を見て、自分もやってみたいって言ってくれたんだって」

純平は嬉しそうにうなずいた。

「そうか」

「ほら、早くお風呂に入っちゃいなさい」

結佳は促した。

「わかった」

しばらくするとお風呂場から「ザザー」というお湯をかける音が聞こえた。

結佳は誰もいなくなった脱衣所に入った。

脱ぎ散らかした、ユニフォームは泥だらけだった。

おしりの右側の泥汚れはスライディングをした跡。

チーム名が隠れるほど胸についた泥汚れは結佳が見た三塁線の打球に飛びついた跡。

太もも部分の汚れはバッターボックスで手の汗を拭いた跡。

ズボンのポケットを裏返すと、バラバラとみんなからかけられた砂が出てくる……。

一つひとつの汚れが佳純の今日一日を教えてくれていた。

その一つひとつを愛おしそうに抱きしめながら洗濯機に入れていった。

「こんなに汚してきたのは初めてね……洗うの大変だなぁ」

そう言いながらも嬉しそうな結佳は、あふれてくる涙を止めることができなかった。

風呂場からは、佳純の上機嫌の鼻歌が聞こえてきていた。

ルームサービス

room service

「おい、新入り」

厨房《ちゅうぼう》からの声に民夫《たみお》はカウンターの奥を覗《のぞ》き込んだ。

「はい」

「お前、ルームサービス行ったことあるか？」

声の主は、ホール主任の染谷《そめや》だった。

「いえ、ありません」

「じゃあ、ついてこい」

「はい」

染谷はワゴンに手際よく料理をのせて、映画でしか見たことのない、中華鍋をひっくり返したような形をした金色の蓋を上からかぶせた。

ワゴンを押しながらエレベーターに向かう染谷のあとを民夫は追いかけるようについていった。

「お前、名前は？」

「有馬《ありま》民夫っていいます」

「名札をつけるのを忘れるな」

「すいません。入ったばかりでまだもらっていなくて……」

「今の話をしているんじゃない。今後ずっとだ。それから……」

染谷の視線は民夫ののど元に向けられた。

エレベーターの扉の内側は鏡になっている。

自分の姿を見た。蝶《ちょう》ネクタイが曲がっていた。

「すいません。蝶ネクタイなんて使ったことがないんで……」

民夫は慌てて、ゆがみを直した。

染谷の話し方は、ぶっきらぼうで、お世辞にも新入りの民夫に対して優しいとか、丁寧とかという言葉では表現されない対応だった。

それが民夫には冷たく感じられたが、単純にそういう話し方をする人なのかも知れない。

「扉を開けたら入口のところで俺の様子を見ておけよ。あまり入って来すぎるとお客様の目に入るから……」

「は、はい」


「どうしてホテルのレストランなんだよ」

バイト先の話をすると、大学の友達からは必ず聞かれた。

「普通にファミレスとか喫茶店とかの方が楽だろ」

どうしてと言われても、民夫にもわからない。ただ何となく、どうせウェイターとしてアルバイトをするなら、洒落《しゃれ》た格好をして洒落た場所でやってみたいと思っただけだ。どっちが楽かなんて考えたこともなかったが、そう言われてみて初めて、ファミレスの方が楽だったかもと思った。

面接を受けて、シフトが決められると、

「アルバイトであろうが、社員であろうが、ウェイターだろうが、コンシェルジュであろうが、とにかくお客様から見たら、君がこのホテルそのものだということを忘れてはいけない」

という言葉で始まった研修の様子で、ホテルのレストランで働くというのはどういうことなのかが、民夫にも徐々にわかってきた。

民夫の友人たちは、

「ゼミで忙しくて……」

「授業が長引いて……」

とウソをついてアルバイトを休み、飲みに行ったりカラオケに行ったりすることがよくある。もちろん入ってくれるのをあてにしていたバイト先には迷惑をかけることにはなるのだが、だからといって、いなければ店が開かないなんてことはない。結果として、彼らの仲間内で、いろいろな理由をつけてはバイトをサボるということは珍しいことではなかった。

友人たちはそのことを言っていたのだろう。民夫がこれから働こうと思っているホテルは残念ながら、と言うべきか、当たり前のことだが、そういうことが許されそうな環境ではない。


染谷が部屋をノックすると、返事もなく扉が開いた。

「ルームサービスでございます」

染谷の声に合わせて、民夫も頭を下げた。

宿泊客に促されるままに、染谷はワゴンを押して中に入っていった。扉を開けたままにして民夫は言われたとおり、入口のところからその様子を見ている。

シワ一つない、ウェイター用のスーツを身につけた染谷が、クロスをしき、料理をワゴンからテーブルに並べる姿は、大きな窓から差し込む夏の夕日が逆光になり、遠目にも美しいと感じられた。

落ち着いていて、急いでいる感はなく、かといって遅いとは感じない。手際がよいという印象を与える。動き一つひとつに無駄がない。

「何だかかっこいい」

というのが民夫の率直な感想だった。

「お待たせいたしました。ごゆっくり、おくつろぎくださいませ。失礼いたします」

そう言って頭を下げた染谷に合わせて、民夫も民夫の位置からは見えない客に対して頭を下げた。


「これだけのことだ」

ワゴンを押す民夫に染谷が後ろから声をかけた。

「結構、緊張しそうですね」

「最初だけさ」

「いや、でもなんていうか、染谷さん、かっこよかったです」

「なんだそれ」

染谷は鼻で笑った。

「自分にできないことを難なくやっている人を見ると、かっこよく見えるもんだ。俺にできないことをお前がやっているのを見れば、俺だってお前のことをかっこいいと感じるさ」

廊下の向こうから宿泊客が歩いてくるのが見えて二人は話をやめた。

すれ違う手前でワゴンを壁際に寄せて立ち止まり、染谷と民夫は頭を下げた。表情、振る舞い方、どれをとってみてもやはり染谷の動きには無駄がない。

「何かあるだろ」

「えっ？」

染谷が話を急に続けたのはエレベーターの中だった。

「何がですか？」

「俺にはできないことで、お前がやっているのを見たらかっこいいと思えるもの」

民夫は顔が緩んだ。

「実は俺、西京《さいきょう》学園の野球部出身なんです」

「ほお」

西京学園は誰もが知っている野球の強豪校だ。

「去年新人賞を取った東京ボンバーズの桑原《くわばら》と大阪ライオンズの佐伯《さえき》と同じ代で、甲子園で優勝しました」

「あの決勝はすごかったな。俺も見てたよ。たまたまだけど。へぇ、あの試合にお前も出てたの？」

「あの試合、0対2で負けていた4回に同点タイムリーを打ったのが俺です」

「ゴメン、それ覚えてないわ」

民夫は苦笑いをした。

「当然だと思います」

「なるほど、それじゃあ、いつかお前が野球をしているところを見せてくれよ」

「あぁ……はい。機会があれば……」

民夫は染谷の顔をちらっと見た。先ほどと同じような冷たさを感じる表情に戻っていたが、民夫の心の中では染谷に対する印象は少しだけ変わっていた。

「ただいま戻りました」

染谷が厨房全体に聞こえる声で告げた。

「ご苦労さん。もう一件入った。すぐ行ってもらえるか？」

グランシェフの木村《きむら》が言った。

染谷は厨房からカウンター越しにホールの様子を見た。

忙しそうに店内を歩き回るスタッフが民夫にも見えた。人数的に足りてなさそうだ。

染谷は民夫に目で合図した。

民夫は緊張で少し背筋が伸びた。

「有馬が行きます」

染谷の声に木村が反応した。

「有馬ってその新人か。大丈夫なのか、もう」

「大丈夫です。本番に強いハートを持った奴《やつ》です」

少し話をしただけの染谷からそんなふうに認めてもらえるなんて、民夫は素直に嬉《うれ》しかった。

「よし、１１０９だ」

「１１０９？」

染谷が復唱した声が少し裏返った。が、すぐに口元に笑みをたたえた表情に変わった。

「有馬、１１０９号室だ。行ってこい。頼んだぞ」

「は、はい……」

さっき見たお手本を、今度は自分ひとりでやらなければならない。民夫は渡された料理を丁寧にワゴンにのせ、染谷の手順を思い出しながら蓋をかぶせていった。

「それでは有馬、ルームサービス１１０９号室に行ってまいります」

言い方にぎこちなさを感じて、厨房のスタッフが数名クスクスと笑った。

「おう、頼むぞ」

木村の声だけが飛んできた。身体はすでに違う方を向いて次の料理の指示を出している。

民夫は厨房をあとにした。

エレベーターは職員専用のものを使う。11階の廊下に出るまでは宿泊客に出会うことはない。その間に民夫は、部屋をノックしてから出るまでの一連の流れを頭の中でシミュレーションしていた。

頭の中でそのシミュレーションが終わらないうちに11階の廊下に出た。民夫は開き直った。

「ええい。もうなるようになれ」

11階の角部屋に当たる1109号室の前に立った。

隣の部屋のドアが異常に離れていることから、この部屋が特別な部屋であることがわかる。

民夫はチャイムを鳴らした。

「はい」

中から声がした。

「ルームサービスです」

のぞき穴から見える位置で背筋を伸ばして軽く会釈をした。

オートロックの扉が内側から開いて、中の宿泊者が顔を出した。

背の高い民夫にも引けをとらないほど、大きな身体をした、スーツ姿の男がそこには立っていた。

「失礼いたします」

民夫の緊張を感じ取ってか、男は少し微笑《ほほえ》んで、

「よろしく頼むよ」

と言った。

民夫はそれには応えず、軽く会釈をしてワゴンを押して部屋の中に入った。

部屋の中は整然としている。さっきまで誰もいなかったような雰囲気すらあるが、きっとしばらく前からチェックインはしていたのだろう。普通の部屋と違って、入った部屋にベッドはない。リビングには四人がけの丸テーブルがあり、奥にはローテーブルとそれを囲むように六人が余裕を持って座れるほどのソファが置いてある。この客は一人でこの部屋を使っているらしい。カーテンが開け放たれた広いガラス窓の外には夜景が広がっていた。

「こちらでよろしいでしょうか？」

ソファに座ったその客に向かって民夫は声をかけた。

「ああ。そこでいい」

民夫は染谷の見せてくれた手順を思い出しながら、まずはクロスをしき、そこにスプー

ンとフォークを並べてから、ワゴンの料理を一つひとつ丁寧に置いていった。

「新人にしてはずいぶん落ち着いているじゃないか」

客の声に民夫は驚き、ビクッとなった。

「あ、ありがとうございます」

気が動転して、思わず礼を言ってしまったが、初めてだということがばれてしまった気まずさから、顔が熱くなり汗が噴き出してくるのがわかった。何がまずくて新人だということがばれてしまったのか……。

「お待たせいたしました。ごゆっくりお召し上がりください」

民夫は丁寧に頭を下げた。

「ありがとう。九〇分後に取りに来てくれるかい？」

「かしこまりました」

民夫は再度、頭を下げて、部屋を出た。


「どうだった？」

レストランのホールに戻った民夫に、染谷が声をかけた。

「いやぁ、緊張しました。自分では結構いけてると思ったんですが、お客様に新人だってことがばれてました」

「当たり前だ」

「どうしてですか？」

「スイートを使っている安達《あだち》様は、あそこに滞在して一〇日目だから」

お客は安達康夫《やすお》。年に数回仕事の都合で二週間ずつくらい滞在する常連で、何かの会社の経営者らしいということを染谷が教えてくれた。民夫は、自分の所作を見て新人だということがばれたわけではないとわかって少しだけ安心した。

「何か話をしたか？」

「いいえ、特には。九〇分後に取りに来てくれって言われただけです」

「ほう」

染谷は意外そうな顔をした。

「それを言われたってことは、安達様はお前に少し興味があるのかもな」

「そうなんですか？」

「ああ、誰でもよければ食後に『片付けてくれ』って電話をよこす人だからな。きっとお前に取りに来てほしいんだろ」

「はあ……」

民夫は気の抜けた返事をした。とりわけ気に入られたとも思えなかったからだ。

「まあ、行ってみて、何でもいいから話をしてみろ。ああいう部屋を使う人との会話は、どんな短い一言でも勉強になる」

民夫は考えたこともなかったが、たしかに言われてみればそのとおりかも知れない。あいう部屋を使える人となると、世の中でもほんの一握りだろう。そんな人との会話は、人生においてそうあるもんじゃない。それこそ、民夫の人生を変える言葉との出会いがあるかも知れない。

「わ、わかりました」

民夫は時計を見て、自分がもう一度あの部屋を訪れることになる時間を確認した。


民夫は１１０９号室の入口の前でもう一度、腕時計に目をやった。

先ほど安達に言われてからちょうど九〇分たっている。

入口のチャイムを押した。

「ルームサービスです。片付けにまいりました」

先ほどと変わらぬ出で立ちの安達が、中から扉を開けた。

「時間どおりだね。助かるよ」

民夫は軽く会釈をして、それに応え、安達のあとに続いて部屋の中に入った。

視界に安達の姿を入れながら、テーブルの上の皿をワゴンに移していった。

「何でもいいと言われても……」

民夫は、安達に話しかける話題を考えていたが、安達の方から声をかけてくれた。

「君は、どうしてここで働こうと思ったんだね」

「はい？」

民夫は予想していなかった質問に、どう答えていいのか戸惑った。大学生のアルバイトだということを、伝えてもいいものなのかすらわからない。

「レストランのウェイターのアルバイトなら、もっと気軽なところもあるだろうに、どうしてわざわざ、楽じゃない場所を選んだのかな……と思ってね」

どうやら、アルバイトだということもお見通しらしい。

「どうせやるなら、できる限り学びの多い場所でと思いまして」

「いいねぇ。『どうせやるなら』私の好きな言葉だ。息子にもそうやって決めてほしいんだが」

「息子さんがいらっしゃるんですね」

民夫は当たり障りのない部分で合いの手を入れた。

「ああ、大学生になったばかりのね。残念ながら、逆の意味で『どうせやるなら』と思っているらしい。少しでも楽で、少しでも時給のいいところを探し歩いているようだ」

「そうなんですね」

「ああ、そうなんだ。でもそのままだと、『働くとは何か』ということがいつまでもわからないままになってしまうからね。少しくらいは損得ではない基準で物事を選べと助言しているんだが、なかなかわかってもらえない。まあ、親の言うことは素直に聞けない、そういう年頃なんだろう。どこかで誰かがそういうことを教えてくれるのを願っているがね」

「僕も親の言うことは素直に聞けないタイプですが……」

民夫は苦笑いした。

「なるほど。それじゃあ、君のご両親もどこかで誰かが大切なことを教えてくれないかなぁと思っているかも知れんね」

「そうですね」

民夫は単純に話を合わせるつもりでそう言っただけだった。

「じゃあ、私が息子に話したいことを君に話そうか。君も私の話なら、親とは違って素直に聞けるかも知れない。私がそういうことをしていれば、そういう大人が増えていけば、どこかでうちの息子も誰かから、こうやって大切なことを教えてもらえるかも知れないしね」

民夫は慌てた。

「安達様。あの、今は勤務中なので……戻らなければならないのですが」

「目の前の客に頼まれた仕事が終わらないうちから、次の仕事に向かうように躾《しつ》けられるホテルマンはいないはずだが」

民夫はワゴンの横で気をつけをした。

「おっしゃるとおりです」

「まあ、そう硬くなる必要はない。私の話をちょっと聞いてくれればそれでいい。私は息子に『働く』とはどういうことかを知ってほしいだけなんだよ」

「働くとは……ですか」

「そうだ。その考え方が他の人と違っていたおかげで、私はこうやって普通の人が経験できないような毎日を送れるようになったんだ」

たしかに高級ホテルのスイートに長期滞在して仕事をする人なんて、そういるもんじゃない。先ほどの染谷の言葉がよみがえってくる。民夫はその違いを知りたいと思った。

安達は部屋に備え付けられているコーヒーメーカーにカップを差し込み、ボタンを押した。グルグルという豆をひく音が機械から聞こえ、程なくノズルから熱いコーヒーが出てきた。

民夫は立ったままその様子を見ていた。話を聞くからといって、勤務中にお客様の部屋でイスに座るわけにもいかない。

その立場を理解してか、安達も民夫にイスをすすめたりしなかったし、コーヒーも一人分しか作らなかった。

「あいつはまだ、働くというのは、自分の人生という時間をお金に換金することだと思っている」

「換金……ですか」

「ああ、そうだ。時給九〇〇円のアルバイトを見つけてきて、一日五時間、二日働いて一日休む。それを一か月続けると九万円が手に入る。働くとはそういうことだと思っている」

「はい……」

民夫には、正直、その考えのどこが間違っているのかわからなかった。

「大学を卒業してからも同じ。一日八時間、週に五日働く。それを一か月続けると二〇万円が手に入る。それを働くということだと思っている。でも、それは単に、一回しかない貴重な人生という時間をお金に換えているにすぎない。しかも、人生が有限である以上、換金できる時間も限られている」

「でも、みんなそうやって生きているんじゃないんですか？」

安達はゆっくりと首を振った。

「ほとんどの人がそうでも、そうではない人だっている。そして、そうではない人たちだけが、自分のやりたい夢をどんどん実現する生き方をしている。私もその一人だよ」

「安達様は、どのようにお考えですか？」

安達はコーヒーをすすった。

「自分の時間を誰かの喜びに変えることが、働くということだよ」

「……」

民夫は言葉に詰まった。

「それはきれい事だと思ったんだろ？」

安達は微笑んだ。

「いえ、でも、あまりにも予想と違ったので……」

民夫は図星を指されて狼狽《ろうばい》したが、何とか言葉をつないで自分の心を隠そうとした。

「まあ、いい。息子も同じ反応だ。最初は理想論に聞こえるものだ。世の中そんなきれい事では回っていないともね。でも、案外そのきれい事で世の中が回っている。息子はそこを受け入れることができないんだ」

「そうなんですね」

民夫は自分の役割としてその言葉を受け入れようとした。それがウェイターとしてここにいる自分の仕事のような気になっていた。

「もう少し、詳しく説明してくださいますか？」

安達はうなずいた。

「自分にできることで、誰かを幸せにする行為が、働くということさ。その報酬として返ってくるものの一部がお金である。ただそれだけのこと。だから、自分にできることを増やしたり深めたりすることで、誰かを幸せにする深みが変わってくる。その数を増やすことだって自分の努力でできる。同じ一日働くのでも、一〇人の人を幸せにするのが精一杯だった人は、それを一人でも増やす努力をすればいい。いつか一〇〇人になる日が来るだろう。一日で一〇〇人の人を幸せにできる人は、一〇〇〇人を幸せにする方法を真剣に考えて、行動すればいい。一〇〇〇人の人は、一万人。一万人の人は一〇〇万人だ。それを真剣に考えるのが『働く』ということだよ。

考えてみなさい。

同じ一日で、一〇人の人を幸せにする何かを持っている人と、一〇〇万人の人を幸せにする何かを持っている人で、受け取る報酬が同じになると思うかい？　これは、理想論ではなく、事実なんだよ」

民夫は、高校時代の二人のチームメイトのことを思い出していた。彼らはたしかに、自分のできることを深め、極めていって、一日で何百万人もの人を幸せにしている。

「それがわかれば、やるべきことは自ずと決まってくる。自分にできることを増やしたり深めたりする努力を続けること。そして、幸せにできる人の数を一人でもいいから増やそうと努力することだ。それこそがまさに仕事の醍醐味《だいごみ》と言える」

「安達様のおっしゃること、何となくわかります。実は僕の同級生が二人、プロ野球選手として活躍しています。彼らは一日試合に出るだけで、何百万人という人を幸せにしています。だからもらえる報酬は、僕が何十年バイトに明け暮れても届かない額を一年で手にしているんですね。僕は高校時代チームメイトで、一緒に甲子園で優勝したこともあり、前のバイト先などの草野球にもよく助っ人で呼ばれるんですが、その際には、チームの人にご飯をおごってもらったり、飲みに連れていってもらったりします。同じ一試合でも喜ばせる人が一〇人くらいだと、そういうものを手にするということですね」

安達が自嘲気味に笑った。

「でも、そういう特殊な職種でもない限り、やはり時間をお金に換える生き方を地道に続けていくしか……」

「働くことによって返ってくるものは、お金だけではないよ」

「例えば、何ですか？」

「それが何かは、君が働くことによって確認してみるしかない。だから、同じ仕事をするのでも、一人でも多くの人を喜ばせられるよう努力を続けてみるといい。同じ時給でも、喜ばせることができる人の数を倍にしてみるといい。与える喜びの深さを倍にしてみるといい。それだけで四倍、働いたことになる。そのとき受け取るものは同じ時給でしかないと思うかも知れない。でも私の話が正しければ、その三倍も価値があるお金ではない何かがしっかり手に入っていることになる」

「それじゃあ、やはりお金については、簡単に増やすことは難しいということですね」

「まあ、そう結論を急ぐな。大切なのは、そういう考え方を持った人になるということだ。まさに君が言ったように『どうせやるなら、同じ金額でもたくさんの人を喜ばせよう』と思える人間になれば、君が今の私と同じ年齢になる頃には、一度に多くの人間を幸せにできる人になっていることだろう。そのときには、今の君が何十年バイトをしても手にすることができない額を、一か月にして稼ぎ出せる人間になっているはずだ。そのことは私が保証する」

「はい……わかりました」

民夫は安達の言葉を頭の中でくり返した。

民夫にとっては、「働く」という言葉の初めての解釈ではあった。最初は、きれい事のように聞こえたその説明も、実際にそういう考え方で生きて、そして民夫がそれまでの人生で出会った誰よりも成功しているように見える安達の人生に触れると、たしかにそのとおりだと納得せざるをえない。

「そうか、君は西京学園のあのメンバーだったんだな」

「えっ、はい。でも、よくわかりましたね」

「二人がプロで活躍している選手がいた高校と言えば、西京学園しかないだろう。その二人は、桑原と佐伯だろ」

「はい」

「あの決勝、見ていたよ。たまたまだけどね。空港の搭乗口で飛行機の不具合で待たされたんだ。そのときにやっていたのが、あの試合だった。あの試合は最終回に佐伯くんがホームランで逆転して、桑原くんが三者連続三振で締めたんだったよね。でも、あの試合を決めたのはその前の回のライト前ヒットでホームに突っ込んだ二塁ランナーを、西京学園のライトがホームで刺したあのプレーだった。あのワンプレーで試合の流れは完全に西京ペースになったんだったね。鳥肌が立ったよ」

民夫は、顔がほころび、思わず目に涙が浮かんだ。

「その、ライトが自分でした」

「そうだったか」

安達は嬉しそうに何度もうなずいた。

「私はあのプレーに感動したんだ。その後、飛行機の中でも、ライトの若者はあの一球のために、それまで何千球、いや何万球とボールを投げる練習をしてきたんだろうと想像した。そして、そのことを思うと私も負けてはいけないという気になった。たった一度そのチャンスが訪れるかどうかわからないが、そのときのために常に自分の武器を磨いておくことの大切さをずっと考えさせられた。そんなワンプレーだった」

「ありがとうございます」

「野球はもうやっていないのかい」

「はい……選手としての夢はもう諦めました。でも、将来は野球の監督とかできればいいなぁとは思ってます」

「おお、監督か。いいねぇ、それは。元プロ野球選手以外がプロの監督になれれば、史上初の快挙だろう。そろそろそういう変わった人間が出てきてもいい頃だよな、日本も。素晴らしいじゃないか。今まで続いてきた慣習を壊していくというのは、決して簡単な道ではないだろうが、誰かを幸せにする生き方を続けていれば、きっといつか道が開ける日がやってくる。私も君をどこかで応援している一人だということを覚えておいてくれたまえ」

「はい……ありがとうございます」

民夫は、話の成り行き上、自分が目指しているのは高校野球の監督だということを言い出せなくなった。

部屋を出たとき民夫は、ワゴンを押している自分の足取りが、先ほどまでとは違って力強いものになっていることに気が付いた。

胸が熱くなっている。

「史上初、プロを経験していないプロ野球の監督」

それに自分がなれるならなってみたい。そのためには何が必要だろう。

高校時代に、日本一を目指したあの熱い気持ちが、再びよみがえってくるのを感じた。

夏の甲子園の決勝以来、感じたことのない、次の大きな目標。

民夫の中でいろんなアイデアが浮かび、未来の自分の像が浮かんでは消えていった。

自分では止めようのない胸が高鳴る世界の中に、飛び出していこうとしている自分を、必死で押さえるように、厨房の扉を開いた。

「おせぇぞ、新入り！」

グランシェフの木村が怒鳴った。

「すいません。お客様の要望に……」

「わかってるよ」

木村が笑顔を見せた。

「あの部屋に行く奴はみんなそうだ。でも、帰ってくるとその日から見違えたように仕事をするようになる。あいつもそうだった」

木村が顎をしゃくった先には、染谷がいた。忙しそうに、ホールスタッフに指示を出している。

「早く行って、手伝ってやれ」

「はい」

民夫は木村に向かって頭を下げた。

　民夫が次にバイトに入ったのは三日後だった。日曜ということもあり、午後一時からの勤務だったが、スタッフの更衣室に入るとその場にいた染谷に声をかけられた。

「ちょうどよかった、有馬。客室係の人から内線が入って、安達様がお前に残したものがあるから取りに来いって」

「安達様ですか？」

「ああ、先ほどチェックアウトしたそうだ」

民夫は、その日も安達と会えるんじゃないかと楽しみにしていただけに、チェックアウトしたと聞いてがっかりしたが、その落胆をできるだけ顔に出さずに、素早く着替えて1109号室へと急いだ。入口がストッパーで開け放たれていた。

「失礼します……」

恐る恐る中に足を踏み入れると、きれいに整えられた部屋のテーブルの上に、ホテルの封筒が置いてあった。

「有馬様」

と宛名が書かれている。

どうして自分の名字を知っているのか不思議に思いながら、その封筒を開けた。

そこには、あの話のあと、インターネットであの試合の映像を探してみたところ、民夫の名字が「有馬」だということがわかったと書かれていた。

そして、一言、

「誰よりも、働け」

とだけ書かれたメモ。

そして、その裏には、「息子の代わりに、私の話を聞いてくれてありがとう」

と書いてあった。

民夫はため息をついた。

そして、1109号室をあとにした。

廊下に出ると、隣の部屋を掃除し終えた客室係とはち合わせした。

「すいません。掃除をしたばかりの部屋に入ってしまって」

客室係は微笑みながら首を横に振った。

「これからですよ」

「えっ、でも」

「あの方はいつもそうなんですよ。チェックアウトされたときには部屋がきれいになってるんです。私たちがビックリするくらいに、チェックインしたときと同じようにきれいにされるんですよ」

「そうなんですね」

民夫は部屋の中をもう一度ながめた。

「あなたも、ああいう大人になりなさいよ」

客室係のおばさんは、まるで自分の息子に伝えるような言い方で民夫にそう言った。

「はい。そうなります」

民夫は自然と背筋を伸ばした。

卒業アルバム

classbook

「一枚余分に着ていけば？」

智子《ともこ》は立ち上がった顕一郎《けんいちろう》に声をかけた。

顕一郎はリビングの窓から外を見た。昨日降った季節外れのドカ雪が、まだ積もってい
る。返事をしないで、壁に吊してあるダッフルコートをとった。

「今日は、行くからね」

「いいよ、来なくて」

「大丈夫。式だけ見たらすぐ帰るから」

智子は、思春期の男の子の扱いにようやく慣れてきた。思えば難しい三年間だった。中学を卒業する今になってようやく、母親の方が、いつまでも昔の「かわいい顕《けん》ちゃん」扱いではダメだということに気づいた。気づくのが遅いと言われれば、それまでだが、気づいただけマシだと智子は思っている。

「父さんは？　来るの？」

「どうして？」

「だって、最近ずっと家にいるから」

「家にいるからって暇なわけじゃないのよ」

智子は笑顔を作った。

「……」

顕一郎は、肩をすくめて小さいため息をついて玄関に向かった。

「行ってきます」

外は思った以上に風が冷たかった。顕一郎は歩きながらダッフルコートの前を閉じた。

顕一郎を見送ってから智子は、二階の書斎に向かった。

最近、夫の康夫《やすお》はよく寝付けないらしい。明け方に起きては書斎にこもる毎日が続いていた。

智子は書斎のドアをノックした。

「入るわよ」

「ああ」

中から康夫の声がした。

康夫は書斎のイスにもたれたまま、パソコンの画面を見て難しい顔をしていた。

「今日もお仕事?」

「ああ」

「朝はどうする?」

「何か適当なものでいいよ」

智子は康夫が経営している会社について、できる限り話を聞かないようにしているが、仕事の話などしなくても、会社がどういう状態なのか、康夫の様子を見ていると薄々感じるものがある。

結婚して一六年。智子は何不自由ない暮らしをしてきたことに、本当に感謝していた。同い年の人たちが羨ましがるほど大きな家に、新婚当初から住むことができたのも、康夫の会社が年々成長を続けていたからに他ならない。

でも、経営者の妻として会社の業績が悪くなったときには、もっと小さな住まいに越したり、生活水準を下げて節約したりということだってしようと覚悟はしてきたつもりだった。

何より、康夫がストレスなく仕事を楽しんでくれるのであれば、収入や生活水準なんて智子にとっては大きな問題ではなかった。

だからこそ、ここ最近の康夫の様子は気になっていた。

口数も少なくなり、書斎にこもって難しい顔をする毎日が続いている。

「ねえ、朝食を一緒に食べない?」

「ちょっと待ってくれ。今考え事をしているから、一段落するまでは続けたいんだ」

「わかったわ。じゃあ、待ってる」

「いや、そういう意味じゃない。待っててくれなくてもいい。先に食べておいてくれっていう意味だよ」

「わかってるわ。でも、今日は待ってるわ」

いつもと違う様子を感じて、康夫は目線をパソコンの画面から智子に移した。

智子は笑顔で康夫を見つめていた。

「今日は、何か特別な日だったかな」

「そうよ」

康夫は、目線を宙に浮かせて、今日が何の日か思い出そうとした。

「さて、何だったか……」

「忘れたの？　今日は一緒に出かける約束をしてたじゃない」

智子はウソをついた。

「ん？　ああ……そうだったかな。あれは今日だったか。でも今日はやっておきたい仕事もあるから……」

康夫はしてもいない約束に、話を合わせた。

「ダメよ。午前中だけでいいから付き合って」

康夫は腕組みをして、ほんの数秒考えた。

「午前中だけなら……」

そう言うと席を立った。

智子はとにかく康夫に息抜きをさせたいと思っていた。思い詰めたように考え込む康夫の姿を見ているのは、自分にとってもつらいことだ。


朝食を二人で食べるのは久しぶりだ。

窓の外は雪景色ではあるが、天気はいい。陽ざしが積もった雪に反射して、いつもより世界がまぶしく見える。康夫は思わず言った。

「いい朝だな」

「そうね」

一緒に食べようと言ったわりには、智子には特に話したいこともなさそうであったが、康夫はあまり気にとめなかった。とりたてて特別な会話もないまま、朝食を終え、二人でコーヒーをすすった。

「さてと」

智子はテーブルに勢いよく手をついて、立ち上がった。

「出かける準備をしてくるわ。あなたもして」

「ああ。で、どこに行くんだ」

「すぐにわかるわ」

康夫は苦笑いをしながら渋々立ち上がった。智子が行き先を言わないときは、結局教えてくれないのを康夫は知っていた。おかげでどんな格好をするのかは、智子の選ぶ洋服を見て合わせるしかないのだが、康夫にとってはいつものことなので、もう慣れっこだった。

「今日は、ずいぶんちゃんとした服を着るんだなぁ」

「そうよ。あなたも変な格好はしないでね」

智子の選んだ格好に合うのは、スーツくらいしかない。六年前に結婚一〇周年を記念してつくったオーダーのスーツに黒の革靴を合わせることにした。中は、ノータイでもいいだろう。柄物のシャツを選んだ。

「こんな感じでどうだ」

智子は一歩下がって康夫の姿を上から下まで舐《な》めるように見た。

「いいんじゃない」

智子は普段はつけないピアスやネックレスまでしている。高級ホテルのランチでも予約をしたんだろう……と康夫は見当をつけた。

康夫が玄関のキーボックスから車のキーをとろうとしたとき、智子が言った。

「今日は車じゃないわ。歩いて行くのよ」

「歩いて？」

康夫はますますわからなくなった。

道のところどころにはまだ雪が残っていたが、こうやって歩いている間にもみるみる雪が溶けて道路が乾いていくほど天気がいい。絶好の散歩日和と言えばたしかにそうではある。康夫は素直に従った。思えば二人だけで歩くのも久しぶりだ。

家から四〇〇メートルほど歩いたところで智子が言った。

「今日は学校に行くの」

「学校？」

「そうよ。今日は顕一郎の中学の卒業式よ」

「中学の卒業式に夫婦で出るのか？」

康夫は苦笑いをした。

「そうよ。あなた、顕一郎が中学生になってから今日までの三年間、仕事のことで頭がいっぱいで、ほとんど顕一郎にかまってあげられなかったでしょ。顕一郎がどんな学校生活を送ったのかもまったく知らないんじゃない？」

康夫の苦笑いは一層強くなった。

「あの子はあの子なりにずっとあなたのお仕事の心配をしてたのよ。あの子なりに気をつかって。中学の三年間で、あなたが一度も顕一郎にかまってあげなくてもとくに大きな問題がなかったというのは、あの年齢の子では考えられないことよ。みんな何かしら子どものことで悩んだり、どうしていいかわからなかったり、大変な三年間なんだから。それだけ考えてみても、あの子は自分のことでお父さんに迷惑をかけないようにしようと思っていたってことがわかるわ」

康夫は返す言葉がなかった。

実際に会社の業績を安定させなければ、家族を路頭に迷わすことになってしまう。そうならないように全力で、やれることをやるのが自分の役割だと思いやってきたここ三年だったが、それは智子や顕一郎が望んだ三年間だったという確証はない。

家族のためにやっていたことのはずが、実は家族が、康夫に好きなことをやらせてあげるために、みんなで協力していただけだったのかも知れない。それも一つの真実であることを康夫は認めた。

「あいつなりに、いろいろあったんだろうな」

「そうね、私の知っている限りでも、いろいろあったわ。一年生のときにはクラスの女子全員から嫌われてたみたいだし」

「どうして？」

「あの子、正義感が強いから、授業中にこっそりガムをかんでいる女子を見て許せなかったらしいの。それを終わりの会で発表したらしいの。そしたら〝チクリ屋〟というあだ名をつけられて……」

「それでも、全員にはならないだろう」

「クラスの中心的女子が、あいつと話さないようにしよう！　って言ったら、他の子はあえて反発しようとはしないでしょ」

「それは大変だったな」

言葉とは裏腹に、康夫は笑っていた。

「二年生のときは告白して振られたのよ」

「お前、よくそんなこと知ってるな。顕一郎が話したのか？」

「まさか。和子《かずこ》さんが教えてくれたのよ」

「じゃあ、相手はさっちゃんか？」

智子は黙ってうなずいた。

康夫は思わず顔がニヤけた。

「まあ、もてるタイプとは思えないけどな」

「ところが、三年生になってから、女の子から告白されて彼女ができたのよ」

康夫は驚いてみせた。

「ほお、そうなのか。最近、部活のジャージじゃないオシャレな格好をしていると思ったら、そういうことだったのか」

「それでも、四か月で別れちゃったみたいよ」

「四か月？　えらく短いな」

智子は首を振った。

「中学生にしては長い方よ。付き合うときは告白されたけど、別れるときは振られたんだって」

康夫は思わずふき出してしまった。

「やっぱり、もてるタイプではないんだな」

智子も笑っていた。

「勉強もがんばったのよ。先生からは私立の進学校もすすめられたんだけど、顕一郎は公立がいいって。きっとあの子なりに家計のこととかも考えているんだと思うわ」

「そうか」

もちろん、進学先については康夫も知っていた。つい先日、合格祝いに外食をしたばかりである。

「でもね、これが一番すごいことだと思うんだけど、顕一郎、三年間、一度も部活動を休んでないのよ」

「そうか。よほどサッカーが好きなんだな」

「そうね。でもそれだけじゃあ続けられないわ。だって顕一郎、結局最後までレギュラーになれなかったんだから」

「そうなのか……」

康夫は顕一郎の気持ちを考えようとした。自分も中学時代サッカー部だったから、それほど深く顕一郎の気持ちを考えようとしたことはなかったが、康夫はチームの中心プレーヤーとして中学・高校時代を過ごした。顕一郎が同じ気持ちで三年間楽しんだはずがない。きっとやめたいと思ったこともあっただろう。顕一郎の心の内を想像するだけで、康夫は胸がしめつけられるような苦しさを感じた。

智子から、顕一郎の学校生活の一つひとつを聞かされるたびに、我が子の成長を感じた。

「あいつ、強くなったな」

「ええ、強くなったわ」

智子の目が潤んでいた。

「最後くらい見てあげたら？」

「うん。そうだな」

康夫は、顕一郎の中学最後の一日を見ておきたい。そう思い始めていた。


卒業式の会場は体育館だった。

二階の明かり取り用の窓にはぐるりと紅白の幕が張り巡らされている。前から卒業生用のイスが並び、次に在校生。一番後ろに保護者用のイスが並べられていた。

智子は、体育館で席に着くまでにも何人かのお母さんとちょっとしたあいさつをしていた。同級生のお母さんらしい。お互いに、おめでとうございます、と言い合っている。康夫はその中の誰ひとりとして知らなかった。

卒業式の雰囲気というのは、ずっと昔から変わっていない。

前には式次第が貼ってあるが、康夫が経験した卒業式と何ら変わらなかった。

変わったところといえば、保護者の参加が増えたことだろうか。平日の午前中にもかかわらず夫婦で参列している人が結構多いことに康夫は驚いた。

やがて在校生がクラス単位でぞろぞろとやってきて席が埋まった。

このざわついた感じも懐かしい。

前に生徒指導の先生らしき人が立ち、一声かけた。

「いつまでも、ペチャクチャペチャクチャおしゃべりしない。卒業生の保護者のみなさんの前で恥ずかしいぞ。北中生として恥ずかしくない行動をとりなさい」

その言葉を合図に、体育館全体が水を打ったように静かになった。そんなところも変わっていない。

康夫は何だか自分が中学生に戻って体育館で式を待っているかのような錯覚に陥った。

体育館のステージの手前左側に立てられたスタンドマイクの前に、別の先生が立ち、卒業式の開会宣言をした。

「卒業生入場」

という言葉とともに、三年一組から順に、胸に赤い花を模したリボンをつけた卒業生たちが入場してきた。先頭にいるのが担任の先生だろう。男女が一列ずつの二列になり、真ん中にできた通路をステージに向かって歩く。途中で先生は立ち止まり、回れ右をしたかと思うと、男子は左に、女子は右に直角に曲がり、横一列になったところで、先生の黙礼に合わせて一斉に席に着いた。音楽はなかったが、在校生も保護者も手拍子をし、その手拍子に合わせるように生徒たちは歩いていた。

顕一郎は四組だった。

康夫は顕一郎の担任の先生を初めて見た。一目で若いとわかる女の先生だったことに驚いた。弱さは感じなかったが、康夫だけでなく多くの保護者の視線が集まるほどに女性的なかわいらしさを感じた。二〇代前半にしか見えない。

「あの人が担任?」

康夫は智子の耳に顔を近づけて、小声でたずねた。

「江川《えがわ》先生。若いし、かわいいけど、今まで会った中でも一番いい先生だったわよ」

「ふうん……」

顕一郎は先生のすぐ後ろを歩いていた。「安達《あだち》顕一郎」という名前は三年間で一度も出席番号の1番を他に譲らなかった。

最近、大人のように大きくなってきたと感じていたが、他のクラスメイトと比べるとまだ背は低い方だった。康夫は、息子が自分の知らないところで、自分の世界をつくってきたんだということを肌で感じた。

考えてみればそれは、当たり前のことだ。

康夫は顕一郎の「息子」としての一面しか知らない。

でも、顕一郎は康夫と一緒にいる時間よりも、今一緒に歩いている彼らと一緒にいる時間の方が断然長いのだ。いつまでも子どもとしてではなく、ひとりの人間として息子の住んでいる世界を尊重しなければならないような気がした。

式は滞りなく進み卒業証書授与になった。

一人ひとりの生徒の名前が呼ばれて、返事をして立ち上がる。

四組になって、担任の江川がマイクの前に立った。

最初の名前を呼ぼうとして、嗚咽《おえつ》がこみ上げ一度マイクから顔を背けた。

息を整えて、涙ながらにようやく一人目の名前を読み上げた。

「安達顕一郎」

「はい！」

康夫には「先生、がんばれ！」という思いのこもった力強い返事に聞こえた。そこには、きっとこの一年間生活を共にした者にしかわからない数々の思い出がある。それが何なのかは知るよしもないが、その感動は伝わってくる。会場からはすすり泣きが聞こえた。

康夫の隣では智子もハンカチで目頭を押さえていた。

「以上、三四名」

江川先生は何とか最後まで言い切った。

その生徒たちと先生との絆《きずな》を見られただけでも、康夫は来てよかったと思った。

「どうだった？　学校での顕一郎は」

正門を出たところで智子が康夫に声をかけた。

「ん？」

康夫は笑顔を見せた。

「何だか、ずいぶん大人になったように思えたな」

「そうよ。もう一五歳だもん」

「そうだな」

感慨深げに康夫は何度もうなずいた。

「今日、見られてよかったよ。卒業式」

「ええ、私もあなたと一緒に見られてよかったわ」


家に戻った康夫は、書斎に入った。

本棚から一冊の本を取り出した。

康夫が中学を卒業するときに、父親からもらった本だった。

顕一郎の卒業式の途中で、自分の中学卒業のことを思い出したのだった。

思えば、この本との出会いがきっかけで、起業しようと決めたのだった。

もらったときは嬉《うれ》しくなかった。

だいたい父親からのプレゼントは、もらったときは嬉しくない。

大学入学のときには万年筆をもらった。

これも、特に嬉しいとは思わなかった。

よくよく調べてみると一本一〇万円もする。たかが筆記用具にそんな価値があるのかと、その価格設定を疑ったが、今でも書斎の机の引き出しに大切にしまわれていて、事あるごとに使っては手入れをしている。今では一生大切に使っていくと決めている。それほど、康夫にとってなくてはならないものになった。

この本もそうだった。

もらったときには、嬉しくなかった。

他の多くの友人たちは卒業祝いに、ステレオやコンポを買ってもらっていて、羨ましく思ったものだ。卒業祝いが本一冊という家に生まれたことを呪ったりもした。

でも、この歳になって、あの頃買ってもらったコンポを大切に使っている友人はきっといないだろう。すでに、すべてが捨てられてしまっているに違いない。一方で、康夫の父親がくれた本は、しっかりとここに残っている。

そして、本として存在しているだけではなく、自分の人生の柱ともいうべき考え方となり、今でも康夫を支えてくれていた。

ページを開くと、

「迷ったときは、初心に戻れ」

見返しに、父親の筆跡でそう書かれている。五年前に他界した父親が、今自分に話しかけてくれているような気になる。

「初心に戻るか……」

康夫は、イスに座りその本を読み始めた。

「ただいま」

顕一郎が帰ってきた。

「おかえり。今日は友達と遊んで帰ってくるのかと思ってたけど」

智子が昼ご飯の準備をしながら言った。

「そんな雰囲気にならなかったんだ」

顕一郎は浮かない顔をした。智子にはその原因がわかっていた。

顕一郎がいつも一緒にいる友人の一人が、受験に失敗した。顕一郎と同じ高校を受験し

たが顕一郎は受かって、その子は不合格だった。私立の高校に通うことになったその子は顕一郎が誘うと、

「高校の制服を作りに行かなきゃいけないから……」

とか、何かと顕一郎とは違う環境になることを強調した言い訳をして、遊びたがらなくなった。

「父さん、来てたね」

「うん。立派になったなって、感動してたよ」

「歩いて、立って、返事して、座っただけだよ」

「それでも、父さんにとっては新鮮だったみたい。書斎にいるから、顔出してくれば？」

「うん……」

顕一郎は気が進まなかったが、何となく行ってみる気になった。

特に用事もなく、顔を出すのも不自然な気がしたので、今日もらってきたばかりの卒業アルバムを持っていくことにした。

ノックの音に、康夫は顔を上げた。

「入っていいぞ」

顕一郎が顔だけ覗《のぞ》かせた。

「ただいま」

「おかえり、卒業おめでとう。今日は式を見に行ったんだ」

「うん。気づいた」

「そうか」

顕一郎も康夫も会話が続かない気まずさを感じた。思えば父子二人だけで最後に会話をしたのはいつだろうか。思い出せないほど、しばらくないことだった。

顕一郎は、最後の切り札として持ってきていた卒業アルバムを、最初の手として出さざるを得なくなった。

「これ、卒アル」

「おお、どれ」

康夫も渡りに船とばかりにアルバムに手を伸ばした。さして中身に興味があるわけではなかったが、パラパラめくっているうちに会話の糸口が見つかることを期待した。

三年一組には、顕一郎が告白をして振られた女の子が笑顔で写っている。康夫の目から見てもかわいい子だ。どうやら好みのタイプも似たらしい。

二組を飛ばして、三組。その中には顕一郎が告白され、付き合い、すぐに振られたという女の子が写っているはずだが、その子を見つける間もなく、

「次のページだよ」

と顕一郎にうながされ、康夫はあわててページをめくった。

四組。康夫の隣には、担任の先生が写っている。

「江川真由《まゆ》　先生」

と書かれていた。

「顕一郎の担任の先生を、今日初めて見た。若い先生だな」

「うん。大学を卒業してまだ三年じゃないかな。僕らが一年生のときにうちの学校に来て、今年初めての卒業生だって言ってた」

「それは、先生にとっても生涯忘れられない学年になったことだろうね」

康夫は会話を探しながらページをめくった。

クラスの活動の写真、部活動の集合写真、生徒会の集合写真。

いろんなところに顕一郎は写っていたが、康夫には会話につながるような質問が思い浮かばないまま、最後のページになった。

すべてのページをめくり終えると裏表紙に、クラスメイトからのメッセージが書きこまれていた。

「せっかくだから、父さんも記念に何か書いてよ」

会話に困った顕一郎が言った。

「父さんが書いてもいいのか？」

「もちろん」

「わかった。じゃあ、何か書こうか」

康夫は引き出しを開けて、父親からもらった万年筆を取り出した。

色とりどりのペンで書かれたメッセージでいっぱいの一角が、まるで、ここに書いてくれと言わんばかりに空いていた。

その空白の横には、一際きれいな文字でメッセージが書かれていた。

「江川」

とだけ記名してある。

「先生にも書いてもらったのか？」

「うん……」

顕一郎は嬉しそうに、そして恥ずかしそうにうなずいた。

そこに書かれたメッセージを読んだ。

「来たときよりも美しく。そんな人生を……」

そう書かれてある。

「お前はこれ、どういう意味かわかるのか？」

康夫は、いろんな意味にとれるその言葉の真意を確かめたいと思った。

「わかるよ。だって、それ僕が先生に言ってて書いてもらったんだ」

「どういうことだ？」

「卒業式のあと、最後のホームルームで、先生が先生になったきっかけを話してくれたんだ。昨日の雪を見て思い出したんだって。それまで自分には何もできない、自分が生きている意味がわからないって、自分に自信をなくしていた時期があったらしいんだけど、ある一つの出来事で、自分にもできることがあるんじゃないかって思い直したんだって」

「どんな出来事だったたって？」

顕一郎は首を横に振った。

「具体的には教えてくれなかった。でもちょっとした出会いだって言ってた。そんな気にさせてくれた人との出会いがきっかけになって、ふと思い出したことがあるんだって。それが『来たときよりも美しく』という言葉だったんだって」

「ほう、小学生の遠足のときに教わる言葉みたいだな」

「そう言ってた。先生が小学生のとき遠足で、出先に行くと、使わせてもらったからには、帰りは来たときよりも美しくして帰ろうって、毎回言われて掃除をしてたんだって」

「父さんが子どもの頃もそうだった」

「でも、考えてみれば、僕たちは自分がつくったわけではない世の中に生まれてきて、ほんの数十年生きて、この世を去っていく。だから、自分がこの世に来たときよりも美しい世界にして去りたいと思ったんだって。少なくとも先生はそういう人生にしようって。それができれば、自分という人間がこの世に生まれてきてよかったって自分で思えるんじゃないかって。僕は、その話を聞いて……なんて言うか、感動して……だから、それを忘れないように、先生にその言葉を書いてほしいって頼んだんだ」

康夫はその字を見つめていた。

会社を大きくすること、家族を幸せにすること、そういうことを考えて脇目もふらずに経営に向き合ってきた二〇年だったが、自分の中に芽生え始めた、このままでいいのかという素朴な疑問に答える、これ以上ない言葉がそこにあるように思えた。

まさに、雲のように、遠くから見ればあるとわかるけど、その中に入ってしまうと実体があるわけではない「想《おも》い」のようなものが、しっかりと言葉になってここに現れたという感じだった。

康夫は今まさに自分がそういう生き方を欲しているということに気が付いた。

自分が残りの人生をかけて向かうべき方向性というものが、二五歳の先生が、息子に宛てて書いたメッセージの中に凝縮されていた。

「顕一郎……いい先生に出会ったな」

「うん」

康夫は、あらためて顕一郎を見つめ、思った。

「そうだ、今の自分がやりたいことは、会社を大きくしたり、維持したり、家族を幸せにすることばかりではない。自分が生まれてきたときよりも、少しでも美しい世界にして、この子たちにバトンを渡したい。それに自分の残りの人生を捧げる。そんな生き方ができればどれだけ幸せだろう。

この子だけじゃない。この子たちが生きる世の中をよりよくするのが、今の我々大人の役割なんだ」

康夫は目頭が熱くなり、指先で涙をぬぐった。

「顕一郎、卒業おめでとう」

「うん、ありがとう」

顕一郎は、息子が成長した姿に感動した父親が涙したと思っていたが、実際にはそうではなかった。もちろん康夫の中にそういう気持ちがあったというのも事実ではあるが、康夫にとっても、今日が今までの自分の卒業式であり、新しい人生のスタート地点であるという意味での晴れ晴れとした涙だった。

「よし、じゃあ、父さんからの言葉だ」

顕一郎は、康夫が万年筆を走らせる様子を見つめていた。

そこにはこう書かれていた。

「人は、素晴らしい出会いによって、何度でも生まれ変わることができる」

ホワイトバレンタイン

white valentine

「いっそ雪になってくれないかな……」

何日か前から、真由《まゆ》が期待していたとおり、バレンタインデーは雪になった。

しかも、それまで経験したことがないような記録的な大雪。

真由が乗ったバスは、タイヤに巻かれたチェーンによって乗り心地も悪く、ジャリジャリ音を立てながらいつもよりもゆっくりと、ほとんど車が通らない道を進んでいた。たまにすれ違う車もチェーンを巻いていて、特有のジャリジャリ音が、徐々に近づいてきては遠ざかる。

子どもの頃から雪の日が好きだった。

音もなく降り積もる雪。その雪にあらゆる音が吸収される無音の世界。

そのときの胸の高鳴りといったら、他に経験できるものではない。

雪国出身の大学の友達にその話をしたら、まったく共感を得られなかったが、真由にとっての雪景色は、幼い頃から一年に一度あるかないかの神様からのプレゼントだった。

それは二〇歳を超えた今でも変わらない。

雪景色の中、イルミネーションに照らされて、彼と二人で街を歩く。

そんな素敵な雰囲気の中、路上でチョコレートとサプライズのプレゼントを渡す。

「きっと素敵な一日になる……」

そんなシーンを夢見ていた自分に腹が立った。今日を境に雪の日が嫌いになりそうだ。

「何も、よりによってこんな日に、こんなタイミングで……」

バスの中で膝の上に抱えた紙袋を見つめると、何だか自分がみじめに思えてきて、涙がこみ上げてくる。

ワクワクしながら、チョコレートを作っていた昨日の自分や、数か月前から暇を見つけては店を回り、プレゼントを選んでいた何も知らない自分がいじらしく思えてくる。完全なピエロだ。別れの気配に気づくこともできず、一人この日のために盛り上がっていた、おめでたい自分に腹が立った。

悲しさ以上に、自分に対する腹立たしさに涙がこぼれた。

予感がなかったわけではない。最近は、二人で会っているときも彼はどことなく上の空で、何か考え込んでいることが多かった。そのたびに、真由は、自分といるのがつまらないんじゃないかと不安になり、声をかけてはいた。

「どうしたの?」

「何か心配事でもあるの?」

そのたびに、彼氏の和正《かずまさ》は、

「何でもないよ」

と、ちょっとさみしげな笑顔を見せては、真由を抱き寄せて頭を撫《な》でてくれた。それで真由は安心できた。大学の一年先輩の和正は、就職活動の真っ最中だったから、そのことで悩んだり、苦しんでいるんだろう。でもその苦しみを真由の前では見せまいとしてくれているのだろう。そう思っていた。

だから真由もあえて、

「就活どう?」

と聞かないようにしていた。

ただそれだけのことだと思っていたが、実際にはまったく違うことを考えていたのだということがようやくわかった。

和正の、それまでのすべての態度や行動が、この一言に集約されているような気がした。

「もう、別れよう」

その可能性を打ち消して、ひたすら自分に都合がいい解釈を続けてきた自分が、子供じみていてバカに思えた。

真由の涙は止まらなくなった。

和正が、二人でいるときに、心ここにあらずといった状態になったのは、真由との交際を終わりにしたいと思っているのに、別れを切り出すのは、これまで付き合ってきた二年間を考えると心が痛むという葛藤の表れでしかなかった。そして、真由を抱き寄せて頭を撫でるのは、和正なりに、もう一度真由のことを好きにならなければならないという義務感でしかない。そうすることで自分の中に真由への想《おも》いを再び燃え上がらせようとする行為でしかなく、その後の様子を見るに、それは思ったほどうまくはいかなかったということが、真由には痛いほどよくわかった。

そう、すべては「別れよう」の一言に集約されていた。

真由は我慢ができなくなり、顔をおおって泣いた。

和正に対してではなく、答え合わせをするまで、彼の行動の意味することが何かにまったく気づかなかった自分に対する悔しさが、どうしようもなく真由を襲ってきた。

一〇年に一度とまで言われた大雪の予報のせいで外出を控えた人が多かったのか、バスの中には、真由以外に乗客は三人しかいなかった。

それでも、人前でなんて泣きたくはないのだが、こみ上げてくる涙を止めることができない。止めようとすればするほど、しゃくり上げるような嗚咽《おえつ》がこみ上げてきて、余計にひどい状態になった。チラチラ自分のことを見ている乗客の視線を感じた。運転手もミラー越しに何度か真由の様子を見た。

バス停には、バスを待つ人もいないらしく、「次は〜」というアナウンスが更新されていくばかりで、いっこうに停《と》まる様子もなく走り続けていた。

「もう、別れよう」

と言ったあと、和正は話すのをやめてしまった。決意固く、うつむいたまま、それ以上の話を望もうとはしなかった。

真由の、

「どうして？」

という問いにも答えてはくれなかった。

気まずい時間だけが流れて、真由は和正の部屋から出ていくしかなくなっていることを感じた。和正が今、一番待っているのはその瞬間だということが痛いほど伝わってきた。

どうして今日なのかも、真由にはよくわかった。

和正は優しい人だった。でも、肝心なときに非情になれないその優しさが、時に人を必要以上に傷つけることがある。そのことは和正もわかっているが、非情になりきれないのであろう。もしくは単純に自分が悪者になりたくないという本能のどちらかであろう。

和正は真由を傷つけると思って、別れを切り出すことができなかった。それはもう半年以上も前からだった。二人の記念日が一つ増えるたびに、喜びが重なっていく真由とは裏腹に、和正は何か考え事をしている時間が増えていった。これ以上、和正は二人の思い出をつくることに耐えられなくなっていた。

真由のことを傷つけたくない。でも長く付き合えば付き合うほど、二人の思い出が増える。そのときには一層、真由を傷つけることになる。そのような矛盾した想いのせめぎあいの中で迎えた臨界点が、まさに今日、バレンタインデーだったというわけだ。新しくプレゼントをもらうということを和正は苦しい思い出を増やすことであるかのように拒否した。

そういう、半年前からの和正の心の移り変わりも、今なら手に取るようにわかる。

真由は涙を流しながら、

「わかった」

と言った。

聞き分けのいい自分に腹を立てた。

どうせなら笑顔の自分を覚えておいてほしいと思い、無理して最後は笑顔を作ろうとした。上手に笑えず、自分は何をしているのか、何を考えているのかわからなくなった。

そのまま帰ろうとしたが、どうしても一歩を踏み出すことができなかった。別れたくないと心の中で叫んでいるが、口に出すことができなかった。

代わりに出てきた言葉は、真由の本心とはまったく違うものだった。

「最後に一つだけワガママを聞いてほしい」

和正は答えてくれなかった。それすら拒否された真由は自分の力ではどうすることもできないことがあると思い知らされた。

真由は和正に近づき、手をとった。和正は握り返してはくれなかった。二度と触れることがないと思うと離しがたくなり、涙がこぼれた。

小さい声で、

「背中を貸して……」

と言った。本当はそんなことを頼みたかったわけじゃないのに、真由は和正のかたくなな態度を見て、最後の望みすら譲歩した。

真由は背中にすがって泣いた。いつものように振り向いて抱きしめてくれるかも知れないと期待していたが、硬直したままの和正は向こうを向いたまま、小さく言った。

「ごめん……」

もう帰ってくれと言えない和正の、ギリギリの一言がこれだった。

「ごめん」

真由もなぜだか謝った。この期に及んで物わかりのいい彼女でいようとしている自分が許せなかった。

いくつかのバス停を飛ばして、ようやく止まった最初のバス停で、一人の女性がバスを降りた。年の頃は真由の母親くらいであろうか、大きな身体を揺するようにしながら後ろから歩いてきて、手すりを持って段差を降りようとしたときに、さりげなく真由の肩に手を置いた。

真由はびっくりして顔を上げた。

その女性は優しく真由に微笑《ほほえ》みかけると、声に出さないで口元を動かして何かを言った。

真由は、見知らぬ女性が何を言ったのかわからなかったが、想いは伝わってきた。「気持ちはわかるわ」なのか、「そういうことってあるよね」なのか、わからないが同じ女性としての共感。そして、慰めとも激励とも違う心遣い。

ただ寄り添うというのだろうか。それが今の真由の心を癒した。

真由はペコリと頭を下げた。

それをした意味も自分ではわからない。

それからしばらく真由は、固く目を閉じて泣き声を押し殺すようにして肩をふるわせて泣いた。

ガサッという音で目を開けると、意外なものが見えた。

窓際に座っていた真由の隣の座席に置いてあった鞄《かばん》の上に花束が置かれていた。

ふと我に返り、周囲を見渡してみると、先ほどまでは誰もいなかった通路を挟んだ隣の席に年をとった男性が座っていた。

先ほどのバス停でもう一人の乗客は降りてしまったのか、バスの乗客はその老人と真由の二人きりになっていた。

「勇気を出しましてね……初めてですよ。花束なんて買ったのは」

真由は思わず返事をしてしまった。

「はい……？」

「ガラにもなく女房のために買ったはいいんですがね、この歳《とし》で花束を持っているのが恥ずかしくなりまして」

「はい……」

「やはり、花束はあなたのような美しい女性が持っていた方が似合うと思うんですよ」

「でも……」

「いやいや、迷惑なのはわかりますよ、荷物が増えて。でも受け取ってくださいな。この歳になるとね、あげられるものはないかなぁって思いながら生きているんですよ。女房と二人で一生懸命仕事をして、家族を養って、子どもたちにも何かを残してやろうと、いろいろがんばってきたんですがね、がんばって集めたものなんて何一つ残っていません。一生懸命貯めたお金も、がんばって買った家も、今やもう残っていないんです。ようやく気づいたんですな、残せるものは、集めたものじゃなくて、与えたものだって」

「はい……」

「袖振り合うも多生の縁って言うでしょ。ここでこうやって会ったのも何かしらの縁あってのことだと思いましてね。私があなたにあげられるものは、この美しい花しかありませんでしたから、だから、ぜひ受け取ってくださいな」

真由は話をしなければならなかった。

涙を拭いて、その老人に向き直った。

「あの、ありがたいんですけど、私がもらう理由がありませんし」

「まあ、変なじじいだと思って諦めてください。私のような年寄りが若い女性に話しかけるのだって勇気がいったんですよ。だからほら、誰もいなくなるまで声をかけることなんてできなかった。女房が知ったら驚くでしょうね。私から女性に声をかけたなんて。今まで一度だってそんなことしたことなかった。その勇気に免じて受け取ってくれませんか」

真由は戸惑ったが、それを受け取ることにした。そうするしかなさそうだ。

「わかりました」

老人は満足そうにうなずき、前を向いたまま独り言のように話し始めた。

「長い人生、いろんなことがあります。私にもいろんなことがあった。なかには受け入れることができないほどつらく、悲しい出来事もあったんですよ。私が子どもの頃は戦争がありましたからね。私の両親も大切な人たちも、みんな亡くなってしまった」

真由は老人の顔を見た。老人は優しい笑顔を作って真由を見返した。

「戦争が終わってからも、もちろん大変でした。学校に行くお金もなく、とにかく働きづめでね、その日を生きるのに精一杯。そんな毎日でした。そんな私でも結婚し、子どもができ、家族ができましてね。今度はその家族を養っていくために精一杯に生きてきました。思えば、人生なんて『苦悩』の連続です」

「……」

真由は老人の目を見つめてうなずくことしかできなかった。

「でもね、ある程度の年齢になってわかったことがあるんですよ。それは、私が経験した『苦悩』こそが私の人生をよりよいものにしてくれたんだってことなんです」

「苦悩が？　人生をよいものに？」

「ええ。まだお若いあなたには信じられないことかも知れませんがね、私は私が経験した苦悩によって幸せになることができたんだと思っていますよ」

「ど、どうして、苦悩が幸せなんですか？」

「もちろん苦悩は、苦しいことですよ。そのときに、幸せだなぁなんてとても思えたりはしません。でも、それを何とかしたいと思うのもまた、人間だから当然のことです。

そのとき、いつも考えるんですよ。どうしてこんなことになってしまったのか、とね」

「どうして、こんなことになってしまったのか……」

真由はくり返した。

「私の何がいけなかったのか、と言い換えてもいい。自分の外にその苦悩の原因があるなら、悩んでも仕方がありませんけどね、自分の中にその原因があるのなら、それを知りたいじゃないですか。もし苦悩の原因が自分の中にあるとすれば、苦悩を取り除くために、その原因を何とかしようと思うようになるものです」

「たしかに……」

真由は、自分の何がいけなかったのかと考えているところだったので、素直に受け入れることができた。

「そこで思い当たることが出てくれば、それらを一つひとつ改めていったんですよ。まあ、誰でもすることですがね」

老人は自嘲気味に笑った。

「まずは、直接的なことが思い当たる。自分がこんなことを言ったのが悪かったのかもとか、自分のあの行動がまずかったのではとか、自分の思考の習慣がよくないのでは……などと、自らの生き方や、人への接し方、自分が人からどう見えていたのかなどを改めるようになるんです。ところがそれでも、苦悩が取り除かれないとすれば、もっと間接的なところまで自らを省みるようになるもんです。玄関が乱れているから、運気が下がったのではないかとか、庭の手入れを怠っているから、心が乱れているんじゃないかとか、仏壇に手を合わせていないから、ご先祖さまが感謝のこころを忘れているぞと教えてくれているんじゃないかとか、そういうことまで考えるようになる。あなたにもそういう経験はありませんか？」

「そうですね……あります……」

老人は嬉《うれ》しそうにうなずいた。

「それは、やはりあなたが素敵な人だからですよ。苦悩がやってきたときに、自分の何が悪かったんだろうって考える人だからこそ、一見、何のつながりもなさそうな自分の行動が原因だったのかも知れないと考えているんです。他人のせいにする人ならそんなこと考えもしません」

「でも、あまりにもバカげているんです。誰にも言えないほどバカげています」

老人は首を振った。

「大切なのは、本当にそこに因果関係があるかどうかではありませんよ。どれほど他人から見ればバカげていることでも、その人が、『これが悪かったのかも知れない』と自らを省みて、その部分を改めること、そのものに意味があるのですよ。おかげでその苦悩を経験する前よりも、あとの方が、自分が理想とする人間に少しだけ近づくことができているじゃないですか」

「どうしてですか」

「だって、そうでしょう。これが悪かったのかも知れないと自分が思う部分というのは、客観的に自分を見たときに、何か悪いことを引き起こす原因になるかも知れないと自分が思った部分でしょう。それを直していくわけですから、より素敵な自分になっていけるじゃないですか」

「……」

真由は、老人の言葉を頭の中でくり返した。たしかに、老人の言うとおりかも知れない。

「もしも、生まれたときから今日まで、悩みや苦悩と無縁の人生を送ってきたとしたら、私はきっと『私の何がいけなかったのか』なんて考えたこともなかったでしょう。だとすると、私が今持っているたくさんの学びや習慣は一つも手に入らなかったでしょう。そうすると、私が自らを省みて、自らを改めることによってその後、手に入れた幸せのすべてが、私の人生では経験できなかったことになってしまう。それはもはや、私の人生とは言いがたい。つまりね、『苦悩』こそが、今の私を作り上げたと言ってもいいほどなんですよ」

「苦悩が、今の私を作っている……」

「ええ。そのことに気が付いたんです。そういう『苦悩』を経験しない限り、私は『私の何がいけないのか』なんて、自らを省みたりすることはしなかったでしょうからね。『天に口なし』とはよく言ったものです。お前は今のままでは、大変なことになるぞ、ということを教えてくれるために『苦悩』という形で私の人生にやってきているんだとわかるようになりました。だからね、『苦悩』に出会うたびに私は思ったんです。これがあったから今の幸せがあるって断言できる未来にしなければってね」

真由はうなずいた。

「なるほど、そうですね。本当にそうだと思います。でも……」

老人は何度もうなずいた。

「そう、それを受け入れるには勇気がいるし、まだまだ時間がかかるかも知れませんね。無理をする必要はありませんよ。泣きたいだけお泣きなさい。でも、忘れないでくださいよ。あなたは『苦悩』のたびに、どんどん幸せになれる人へと成長していっているんです。あなたも、何か悲しいことがあったのでしょう。今は受け入れがたいことかも知れません。でも、今日の悲しい出来事があったから、こんな幸せがあるって日が、将来きっとやってきますよ」

「はい」

真由は自分に言い聞かせるように返事をした。

老人は手を伸ばして、降車ボタンを押した。

「次、停まります」

というボタンが赤く光った。

真由は、老人が次のバス停で降りてくれることにちょっとだけホッとした。

老人の気持ちはありがたいが、やはり、見ず知らずの老人から優しくされても、どう反応していいかわからない。この先会話を続ける自信もない。何より、一秒でも早く一人になりたいと思った。幸いなことに、この老人以外にはもう、乗客はいなかった。

和正に会いに行くために使うようになって、このバスのことも詳しくなった。次のバス停がどこかもアナウンスを聞く前にわかる。でも、このバスに乗るのもきっと今日が最後だろう。

「日向山霊園前《ひなたやま》」

その言葉が浮かぶと同時に真由は、鞄の上に置いてある花の意味を瞬間的に悟った。

「おじいさん。このお花は、奥様の……」

「いいんですよ。先ほども言いましたように、こんなことしたことがないんです。女房もあなたにもらってもらった方が喜ぶはずですよ」

「そんなことないです。女の人は、大好きな人からお花をもらえたら、何より嬉しいはずですから」

老人は首を振った。

「もう、あなたに差し上げたものですから。女房にはいつもの仏花を買うので大丈夫です」

優しい笑顔ではあったが、強い意志を感じる首の振り方だった。

真由はとっさに膝上の紙袋に目をやった。

「じゃあ、これ。もらってください」

真由は和正にあげるはずだったチョコレートを差し出した。

「ん？　何ですか、これは？」

「チョコレートです。今日はバレンタインデーなんです。それに、私が持っていても意味がないものですから」

老人は、真由が差し出した紙袋を見つめていたが、真由の気持ちをくんでくれたのか、にっこりと微笑んだ。

「じゃあ、お言葉に甘えようかね」

真由は笑顔でうなずいた。

「こんなもんもらったのは、生まれて初めてじゃな。女房に自慢できるな」

「ヤキモチを焼かれないですか？」

「焼かれるもんかね。自分の旦那が七〇を超えて若い女性からプレゼントされたなんて知ったら、あの世で友達に自慢しよるじゃろう」

「はい」

真由は微笑んだ。

「日向山霊園前です」

バスの運転手のアナウンスとともに、扉が開いた。

「さてと」

老人はそう言うと立ち上がった。

「あなたの笑顔は素敵ですよ。どんなときも笑っていればきっといいことがある。笑っていなされ。泣いてもいいから笑っていなされ。負けるなよ」

真由は何も言えずただうなずいた。

老人は、バスを降りると振り返ることなく霊園の入口の方に向かって歩いていった。傘をささずに歩き始めた姿を見て、いつの間にか昨晩から降り続いた雪が止《や》んだことに気が付いた。

バスは真由一人を乗せて、再び走り始めた。

相変わらず、チェーンの音がジャリジャリうるさい。

膝の上では、先ほどまでのチョコレートに変わって花束が、バスの揺れに合わせて小刻みに揺れて、何とも言えない香りを放っていた。

「いい香り」

思わず目を閉じた。

「そう、強くなろう。いつでも笑っていよう」

真由はそんな気になった。老人が言った、「泣いてもいいから笑っていなされ」という言葉が妙に気に入った。矛盾している二つの感情をどちらかに決めることなく、曖昧なまま、抱えたまま、それでも生きていっていいんだという妙な安心感が得られる言葉だった。

老人に言われるまでもなく、考えてしまうことは、

「私の何がいけなかったのだろう」

ということだった。

大きなことから小さなことまで、次から次へと浮かんでくる。

付き合っているときは気づかないが、うまくいかなくなって考えると、和正に甘え過ぎたことが嫌われる原因だったようにも思えるし、相手に対して甘えなかったことも、嫌われる原因だったようにも思える。何が悪かったのか、はっきりしたわけではない。強いて言えばすべてがまずかったのかも知れない。

そう思った瞬間に真由は心の底から熱く、強い思いがわき上がってくるのを感じた。

「私、変わりたい。もっと素敵な女性になりたい」

そのとき強くそう思った。同時に訳もわからずまた、涙があふれた。

「そんなに簡単に彼のことを忘れることはできないだろうし、引きずるかも知れない。でも、どれだけ時間がかかっても、この別れがなければ、手にできなかった幸せな毎日を手に入れよう」

流れる涙をぬぐうこともせず窓の外を見つめながらそう誓った。

窓の外は一面の銀世界になっていたが、遠くの西の空には雲の切れ間ができて西日が差し込み始めた。まぶしさに思わず真由は顔を背けた。

和正に渡すはずだったチョコレートがなくなったことで、自分自身に感じていたみじめさがいくらか和らいだ気がした。とっさの判断ではあったが、あそこであの老人にあげてしまったことで、心が軽くなったような気がした。もし、あのまま持って帰っていたら、チョコレートを眺めながら一晩中泣き通しだったかも知れない。

バスは終点の駅北口に到着した。

結局最後まで、乗客は真由一人だけだった。

一番前まで歩いていき、パスモをかざすと、運転手から、

「ありがとうございました」

と声をかけられた。

真由には、「がんばって」という表情のようにも思えた。

きっと運転をしながら、バスの中の様子が気になっていたのだろう。何となく自分の状況を知られているような気がした。

西日が運転手の顔を照らした。まぶしそうに帽子のひさしの向きを変えた運転手の笑顔は優しかった。

「あのう……」

真由は思い出したように話しかけた。

「はい？」

「お願いがあるんですけど……これもらってください」

相手の返事を待たずに、真由は押しつけるようにして運転手に箱状の包みを手渡した。

「え……いやちょっと。困ります」

真由はバスを降りると開いた扉に向かって言った。

「いいんです。もらってください。今から必要そうですから」

そういった真由の笑顔に運転手は心を奪われた。

「あの……お客さん。もしよろしければ、あの僕からもお返しがしたいのですが？」

真由は首を振った。

「いいんです」

「いや、そうじゃなくて。なんて言うか……あの……」

運転手は顔を紅潮させて言った。

「お友達になってもらいたいんですが」

真由はちょっと驚いたが、すぐに笑顔を作った。

「わかりました。また乗りに来ます」

「あの、いや、どの時間帯に僕が運転するか日によって違うので」

そう言って、運転手は名刺を差し出した。

真由はそれを受け取らずに、扉の外に立ったまま首を横に振った。

「もし、また会える運命なら、食事をしましょう」

とだけ言って、クルリとバスに背を向けた。

運転手は遠ざかる真由の背中を見つめていたが、その背中が人混みに消えると、ため息を一つついて扉を閉めた。バスは回送になる。受け取った紙包みを開けた。そこにはレイバンのサングラスが入っていた。

早速かけてみて、バックミラーに自分の姿を映してみた。西日に照らされた顔に金色のフレームがキラリと光っている。思わず笑みがこぼれた。

「なるほど、それで今から必要だって言ったのか」

運転手はギアを入れた。ミラーを指さし確認してバスを車庫へと走らせ始めた。

真由は、駅への階段を駆け上がった。

なぜだかわからないが、また涙がポロポロこぼれてきた。

「自分の時間を
誰かの喜びに変えることが、
働くということだよ」

「来たときよりも美しく。
そんな人生を……」

「泣いてもいいから
笑っていなされ」

「何が起こるかわからない人生を、
一緒に楽しまない？」

「考えられない偶然の出会いは、
今この瞬間だって起きている」

「好きだから大切にするのではなく、
大切にするから、好きになる」

「どうぞ」
「ありがとう」

「自分の心の状態が
変わっただけで、
何もかも素晴らしい世界に
見えてくる」

超能力彼氏

extrasensory perception boy

間に合わないと思っていたが、会社を出るとすぐ目の前にタクシーが通りかかったことや、道がすいていたこともあり、長谷川紗希《はせがわさき》が公園に着いたのは、約束の時間の五分前だった。

公園のすぐ先は海になっていて、カップルが何組か岸壁でたたずんでいる。

長谷川紗希は、空いている一つのベンチに腰掛けて戸田敦史《とだあつし》が来るのを待った。

隣のベンチとは一〇メートルほど離れていて、左側には座っている距離が微妙に遠いカップル、右側には老人が一人で座っていた。

座ったベンチが、二年前に座ったまさに同じ場所だということに気づくのに、さほど時間はかからなかった。

この公園は二人にとって思い出の場所だ。敦史と初めて出会った夜に二人でこの公園に来た。それから二人は付き合うことになった。それ以来ここへは来たことがない。

そんな思い出の場所に、二年ぶりに呼び出されたということは、何か特別な理由があるに違いない。そして、それが何なのかを紗希は何となく感じていた。

その二年前とまったく同じ場所で、岸壁に静かに打ち寄せる波の音を聞いていると、自然とその日のことが思い出される。

人数合わせのためだからと友人の久美子《くみこ》からしつこく誘われて出かけていった先は、単なる飲み会だと聞いていたがいわゆる「街コン」だった。

街の中で、そのイベントに参加しているお店すべてが合コン会場であり、出入り自由。どこで誰に出会うかわからないというおもしろさもあると、久美子から熱っぽく語られたが、紗希にはほとんど興味がない話だ。

何よりそんなことをしている暇があったら、仕事をしていたかった。出版社の編集という仕事は、会社にいる時間よりも、家にいる時間が勝負だ。二日後までに作家さんに返さなければならない原稿の校正があったが、会議が長引いたり、別の仕事を頼まれたりで、結局、勤務時間内には、まったく手をつけられなかった。

こんなことなら、家で原稿の校正をしていた方がよかった。

街を歩きながら紗希は後悔しきりだった。

久美子に誘われるがままに、一軒のバーらしき店に入った。テーブル席では早速二対二のグループがいくつもできあがっていて、初対面の緊張感たっぷりに男たちがハイテンションで話しかけている。それを聞いている女性陣も少しでもかわいく見せようと聴き方が積極的だ。

「ついていけない……」

紗希は苦笑いをした。

「あそこしか空いてないね」

久美子が指さした場所はカウンターだった。

二人連れの男が二組、まるでそこに二人の女性が収まるのを待っているかのように、ちょうど二つの席を空けてその空席を挟むように座っていた。

「座り方としては当然そうなるよね」

紗希は妙なことに感心した。

久美子に手を引かれて、紗希はその二つの空席に収まった。

「どうも」

早速、紗希の左の男が話しかけてきた。同時に名刺のようなものを差し出している。

「どうも……」

紗希はそれを恐る恐る受け取った。

「神田《かんだ》翔《しょう》」

と書いてある。肩書きは「永遠の少年」だった。

裏返すと「今日の君との出会いに、感謝します。今日の出会いは前世から決められていた運命……かも」

と手書きで書かれていた。紗希の苦手なタイプだ。鳥肌がたった。

「名前は？」

「長谷川です」

「下の名前を教えてよ」

「紗希」

紗希はぶっきらぼうに答えて、久美子の方を見た。

久美子は反対側に座っていた別の男とあいさつをしている。

紗希はため息をついた。それでも一人だけ帰るわけにもいかない。やはりここに来るべきではなかったと強烈に後悔した。

「翔は超能力が使えるんだぜ」

神田翔の向こう側から身を乗り出して、相方が紗希に向かって声を掛けた。

面倒だが話を合わせるしかない。

「超能力？」

神田は照れるわけでも、友人を制するわけでもなく、満足げにうなずいている。きっと二人でここへ来る前に考えてきた戦略なのだろう。友人のアシストでこの男が何かしらの芸を披露して「すごーい」となって二対二をつくる。

紗希はバカバカしくなってきた。でも、その作戦に乗るしかない自分の状況が何よりもバカバカしい。

「へえ……どんな？」

紗希は、相手が望んでいるお決まりのセリフを、まるでカンペでも読むように無感情に口にした。

神田はしょうがないとでも言うようにはにかんでから、

「見せてあげるよ」

と言って、ジャケットの内ポケットから五枚のカードを取り出した。

いかにもインチキマジシャン風だが、きっと飲み会の席ではこういうのが女の子にうけるのだろう。手慣れた感じが紗希には シャクに障った。

「ここに五枚のカードがある。それぞれには○、□、×、☆、そして川のような模様が描かれているのがわかるよね」

「ええ」

「裏面はすべて同じ模様だ。ちょっと手にとって確認してみて」

紗希はカードを受け取った。確認するのもバカらしかったが一応、それらしいふりをしてみた。

「そうね。どれも同じように見えるわ」

「じゃあ、僕は向こうを向いているから、そのカードを五枚ここに伏せてくれるかな」

紗希は言われるままにカードを伏せた。

「いいわ」

「よし、僕がこれからこのカードがそれぞれ何かを透視能力を使って当てていくから」

神田は左右の手をもみ合わせてから、両手をカードにかざした。

「まずこれ……」

神田は一番左のカードに集中したが、数秒したら首を横に振った。

「隣にきれいな人がいると、集中できないな」

と言ってチラッと紗希の方を見た。紗希は帰ってやろうかと思ったが我慢した。

「う～ん。見えてきた。これは☆だね」

神田にめくってみろと促されて、紗希は一番左のカードをめくった。たしかに☆印だった。

「やっぱすげーな。外したことないもんな」

神田の隣のアシストくんが合いの手を入れる。

「まだまだ、これだけだと偶然ってこともある。次のカードだ」

神田は隣のカードに手をかざした。

一瞬静かになった。隣の久美子も、その隣の男も、こちらの様子が気になって見始めたらしい。

十分の注目が集まった頃合いを見計らって、神田は二枚目のカードの透視結果を声高らかに宣言しようとした。

「ふん、くだらねえ」

まさにその声がしたのと同じとき、紗希は心の中で「ふん、くだらない」と思っていたから、静けさの中に響いた声が、自分のものではないかと紗希は驚いた。声はカウンターの右側から聞こえた。

久美子の隣で話している男と一緒に来ていた相棒だろう。

様子を見ると、紗希と同じように友人に連れてこられて、今の状況を楽しんでいないように見えた。

「同志だ」

紗希は思わず喜びの声を上げそうになった。戸田敦史と初めて会った瞬間だった。

神田は横目でその男をにらみつけた。

「インチキだってのか？」

「そんなことはどうでもいい。くだらないって言っただけだよ」

「こいつの超能力は本物なんだぞ」

神田のアシストくんが声を上げた。

「やめろよ」

久美子の隣の男が必死で止めに入った。

「申し訳ないね。こいつちょっと酔っ払っちゃってね」

神田はそれでは納得しなかった。

「酔っ払ってる……では済まないでしょ。こっちは女性の前でインチキ扱いされたんだから。そこまで言うなら、お前は当てられるのか」

「ふん、くだらない」

再びそう言うと、敦史は立ち上がって紗希の後ろまで歩いてきた。神田と紗希の間から左手を伸ばしてカードに手を掛けた。ちょうど紗希におおいかぶさるような姿勢となり、紗希は、敦史が自分のことを助けに来てくれたかのような気になった。

「これは……」

さっとめくった。

「○だ」

神田と彼のアシストくんは大声を上げた。

「めくってみてから言うなんて誰でもできるだろ。それこそインチキだ」

「さっさとめくれば誰でもわかるものを、もったいつけて見えたからって何の役にも立たないんじゃないの。俺の方が当てるの早かったよ」

「なんだと？」

神田はケンカ腰になった。

「誰にも見えないものが見えるという能力をバカにするのか？」

「バカにしてねぇよ。本当にそんな能力があるならもっと意味あることに使いなよ。カードの模様を当ててもしょうがねぇよ。超能力なんて別に珍しくも何ともねぇよ。それでいいなら俺だってあるさ。しかもカードの模様を当てることよりも何倍も役に立つ」

神田は不敵に笑った。

「言ったな。じゃあ、見せてみろ」

「ここではダメだな。店を変えたら見せてやるよ。みんなついて来れば……の話だけどな」

敦史の連れが心配そうに敦史を見ていた。

「大丈夫なのか、お前。お前にそんな能力あるって聞いたことねぇぞ」

敦史は余裕なのか、つい口走ってしまったのか判断がつきかねる顔をしたまま、

「あるに決まってんだろ」

と答えた。

何だか不思議な展開になってしまったが、行きがかり上、紗希はついていかざるを得なくなった。男四人と女二人という妙なグループは、すれ違う街コン参加者の中でも見かけなかった。久美子は敦史の連れと並んで歩いている。紗希は誰と並んで歩くこともせず、ただ敦史のあとを追っていた。

「ここにしようか」

敦史が指さした場所は、イタリアンレストランだった。

特に誰も異論がなく、その店に入った。テーブル席が空いていたので六人で座った。

飲み物を注文して、食事も適当に注文した。

紗希は誰とも話をする気になれず、店の中をキョロキョロ見回していた。結構オシャレな店だ。こんなシチュエーションでなければ、最高のデートスポットだろう。雰囲気がいい。

やがて飲み物が運ばれてくると、形だけの乾杯をしてみんな飲み物を口に含んだ。

グラスをテーブルに置くと、待ちきれないとばかりに神田が口を開いた。

「さあ、約束の超能力を見せてもらおうじゃないか」

敦史はそれには返事をせず勝手に話を始めた。口調が先ほどよりも穏やかになっている。

「街コンを企画する街だけあって、ここの商店街はお店同士が仲良くって、一緒にお客さんを呼びたいって話をしているんだろうね。きっとこのイベントも、商店街の人がみんな集まって、やってみようという話になったんだと思うな。ほら、あれ……」

敦史が指さした先は厨房《ちゅうぼう》の様子が見えるカウンターだった。

「カウンターにつり下げられた調理器具が見えるだろ。その中にほら、『たわし』がある」

たしかにたわしが一つ、つり下げてあった。

「あのたわしは普通の『たわし』じゃない」

「何の話をしているんだよ」

神田が痺《しび》れを切らして言ったが、敦史は目で神田を制するだけで、言葉ではそれに対して何も答えなかった。

「あの『たわし』、一個三五〇〇円もする高級たわしだよ。たわしなんて一〇〇円ショップでも売ってるのに、ここで使っているのは一個三五〇〇円の高級たわし」

「どうして値段までわかるの？」

久美子が質問したが、敦史は久美子に対して笑顔を向けただけでこれにも答えなかった。

「たわしの原料はご存じのとおり、シュロだった。ところが日本中からその原料のシュロが消えたときがあった。戦争末期、戦艦武蔵《むさし》を造るときだ。大和《やまと》や武蔵は建造していることさえ極秘事項で、全国からシュロが買い占められ、つくられたシュロ縄で長崎の造船所では武蔵の巨大な船体を覆って隠したらしい。日本全国からシュロが消えて、品不足から価格が高騰。警察が悪質な買い占め事件として調査をしたとも言われているんだ」

「そんな話どうでもいいんだけど」

神田のアシストくんが口を挟んだが、敦史は一人で話を続けた。

「想像してみてよ。日本全国からシュロが消えた様子。ビックリしたと思うなぁ……」

「あのう……」

紗希が遠慮がちに手を挙げた。

「何?」

さっきまですべての発言を無視し続けていた敦史が話を止めた。

「知らないの私だけかも知れないけど、シュロって……何?」

紗希は敦史の顔を見たが、笑顔を返されただけだったので、神田や神田のアシストくん、そして、敦史の友人、久美子と全員の顔を見つめていった。

誰もが答える代わりに、目をそらした。

誰も知らないということを全員が暗黙のうちに確認できるほど十分な時間をおいてから、

敦史はテーブル上のグラスの中に立ててあった紙と鉛筆を取り出した。

そこに漢字で「棕櫚」と書いた。

「こう書くんだ。ちなみに『たわし』はこう」

つづけて「束子」と書いて見せた。

「戸田くん」

神田が敦史の名札を見ながら言った。

「君の国語の授業を受けているわけじゃないんだよ。束子の話はいいから、もういい加減、超能力を見せてもらえないかな」

「もう見せただろ」

敦史は顔色一つ変えずに言った。

敦史以外の五人は顔を見合わせるしかなかった。

「さっきの久美子ちゃんの質問。どうして束子の値段がわかったのか、だけど。この店の隣のお店が金物屋で店先に『高級束子あります』って張り紙に写真までついて値段が書いてあった。その写真はあそこにかかっている束子と同じものだった。だから値段がわかったし、この商店街の店同士で仲がいいんじゃないかと思ったんだ。駅からこの商店街に向かってくるとき、大手の一〇〇円ショップがあっただろ。あの地域は街コン会場になっていない。つまり、この商店街とは無関係。ちょっと歩けば束子なんて一〇八円で買えるんだぜ。なのにこの店では、三五〇〇円のお隣のものをわざわざ買っているんだ」

「何の話をしているんだよ」

神田はイライラしながら言った。

「もちろん束子の話じゃなくてもよかったんだ。でも、さっきの店を出てここまで歩いてきたときに、この街の雰囲気に浸っていたら、『高級束子』を売っているお店があって、隣のお店で使っているんだから、もうこの話しかないと思ってね」

紗希は久美子と顔を見合わせた。久美子が眉間にしわを寄せて小首をかしげた。何だかよくわからないといった表情を見せている。

「長谷川さんは、この街の雰囲気をどう思った？」

「えっ、私？……何となく素敵な雰囲気というか、南国風というか、クレープ屋とかワゴンのホットドッグショップがよく似合うって感じかな。植わっている街路樹のせいだと思うけど……」

「そう、歩道には等間隔で棕櫚が植えられているからね」

「シュロ？」

そう言うと敦史と紗希以外の四人は腰を上げて窓際に目をやった。残念ながらそこからでは店の外に植えられている街路樹は見えず、みな席を立って見てくるしかなかった。その間、紗希と敦史は二人きりになった。敦史は紗希に微笑みかけた。

「長谷川さんは見ていたんだね」

「ちゃんと見ていたわけではないけど、何となく目に入ったというか」

四人が席に戻ってきた。

「これのどこが超能力なんだよ」

神田が座りながらあきれた声を出した。

「まず、俺たちは同じ店を出て、同じ店まで同じ時間に、同じ道を歩いてきた。でも、棕櫚を見て、それを原料として作られる束子が売られている店を見つけて、それを使っている店を見つけたのは、きっと俺一人だ」

「棕櫚だの、束子だのは君以外の人にとって、どうでもいい話だからだろ」

「でも、事実そこにあったのに、それが見えたのは俺一人だった。同じ世界に住んでいても、みんなには見えないものを見て俺は生きているんだ。見えないものが見えるのが超能力だって言うんなら、これだって立派な超能力だ。そして、カードの裏にどんな模様が描かれているかを当てるより、ずっと人生において意味がある。ひっくり返せばわかるものはさっさとひっくり返せばいい。それより同じものを見ていても、人が見えない世界をたくさん見える人間になった方が俺はいい」

「でもさ……よく、束子のことなんて知ってたね。戸田くんは物知りなんだね」

神田と敦史の不穏な空気を感じて、久美子が話題を変えようとした。

「たまたま本で読んだことがあっただけさ」

「本？　俺は本なんて読まないね。自分で見て、経験したことだけがすべてだと思っているる」

神田は自分をアピールするように言った。

「そうだな、俺らは体育会系だから、部屋にこもって読書なんて似合わないんだよね」

アシストくんも神田に合わせるように言った。

「それは君らの自由だからいいんじゃない。でも俺は、本を読んでいる人はかっこいいと思うし、そう思ってくれる女の人しか興味がない」

そう言うと、敦史は立ち上がった。慌てて連れが止めようとしたが、敦史は首を振った。

「ちょっと、待てって」

連れは、店の出口に向かった敦史を追うようにして席を立った。

「頭でっかちなインドア派は放っておいて、ようやく二対二になったことだし飲み直そうか」

神田のアシストくんがこれ幸いとばかりに声を掛けた。

久美子は戸惑いながらも、

「そ……そうね」

と返事をしてグラスを手にして紗希の顔をうかがった。


「どうしたんだよ」

連れが声を掛けた。

「悪かったな。でも、やっぱりこういうの得意じゃないんだよ。俺、帰るわ」

連れはため息を一つついたが、止めようとしなかった。

敦史は駅に向かって歩き出していた。

自分でもムキになって、神田の超能力に対して「くだらない」なんて言ったことを少し後悔していた。いつもの自分ならそんなこと言わないで、手品だか超能力だかで口説こうとしている人の邪魔なんてしない。今日に限ってどうしてあんなことを口走ったのか。

自分ではわかっていた。神田の隣に座って、興味なさそうに彼の超能力を見ていた長谷川紗希という女性に敦史は一目惚《ひとめぼ》れをしていた。

見た瞬間から胸が高鳴ったが、嫌々ついてきた自分が、連れの前で積極的に声を掛けるなんてできなかった。でも、目と鼻の先でありありとわかる常套《じょうとう》手段を使って口説こうとしている男が許せなかった。何とかして邪魔をしてやりたいと思った。そんな自分の心の狭さを誰かに見透かされているような気がして、敦史はいても立ってもいられなくなって店を出た。

「棕櫚の話なんてしなければよかったな」

棕櫚の木を見上げながらそう思ったときだった。

「戸田さん！」

後ろから敦史をよぶ声がした。振り返るとそこには紗希がいた。

敦史は驚いた。

「は……長谷川さん」

紗希は走って追いかけてきたせいで、息が切れていた。

「あの……私、もうちょっと戸田さんとお話ししたいと思って。でも、もう帰っちゃうんですか？」

「いや……あの」

敦史は慌てた。

「何だか悪かったと思って……。俺のせいで雰囲気ぶち壊しだったから」

「……」

紗希は首をふった。

「私、嬉《うれ》しかった」

「何が？」

「私も同じ。本を読んでいる男の人はかっこいいと思う。私、出版社で編集の仕事してるんです」

紗希は名刺を差し出した。


敦史は地下鉄の改札を出ると、一番近い出口の階段を全力で駆け上がった。約束の時間をとうに過ぎているのはわかっている。この日のために考えていたプランはすべて無駄になってしまった。そのこともわかっている。

五時になり、すぐに会社を出ていればこんなことにはならなかった。その時間に出たら、約束の六時半よりもだいぶ早く着いてしまうと思って、会社で時間をつぶそうとしたのがそもそもの間違いだった。そろそろ出ようと立ち上がりかけたとき、普段は滅多に顔を出すことがない社長が、敦史が所長を務める営業所に顔を出して、特別に敦史に頼みたい仕事があると切り出した。

敦史は、応接室に社長を通してそこから七〇分にわたって、社長の話を聞かなければならなくなった。

計画は丸つぶれになったが、だからといって二人の思い出の場所に紗希を呼び出しておいて、特に何もないですなんて言えるはずもない。

ここは、敦史と紗希が二年前、初めて出会った日に二人で訪れた思い出の場所だ。それ以来ここに呼び出したことなどない。きっと紗希も何かを期待している。

敦史は、公園の入口にある花屋に駆け込んだ。

「すいません、女性が喜びそうな花束を大至急で一つ用意できますか？」

花屋の主人は敦史の必死な形相にあっけにとられたが、

「どういった花がお望みですか？」

とちょっと遠慮がちに聞いた。

「すいません。実は花なんて贈ったことがないから、よくわからないんです。でも、約束の時間にだいぶ遅れていて、でも手ぶらで行くことができない状況なんです……急いで何かできますか？」

主人は、つくっている途中の花束を指さしながら言った。

「あいにくですが、これが終わってからになりますから、しばらく待って……」

話の途中で、その花束を待っている男が言った。

「私は急いでないので、これでよければお先にどうぞ。とても大切な用事のようですし」

敦史も花屋の主人も一瞬唖然とした。

「あ……ありがとうございます。いいんですか？」

「いいですよ。ただ、私は五〇〇〇円で作ってもらっていますが、それでもいいですか」

「かまいません」

店主は急いでリボンを掛けて、ハサミで切り落とした。

「できました」

「すみません。本当に感謝します」

そう言うと敦史は花束を抱えて、店の外へ走り出て、まだ赤信号だというのに車が来ないと見るや横断歩道を走って渡った。

紗希は、二人が初めてここに来た日と同じベンチに座って校正中の原稿を読んでいた。

「紗希」

敦史は声を掛けた。敦史の声に気づいた紗希は原稿を閉じて、ふり返った。

「あっちゃん。仕事大丈夫なの？」

「ああ……でも、遅くなってゴメン」

紗希は首を振った。

「いいよ、ぜんぜん。私もこれ、読まなきゃいけなかったし」

膝上の原稿を手のひらでポンポンと叩いた。

客船が汽笛を鳴らしながら桟橋から遠ざかるのが見える。敦史は紗希には内緒にしていたがあの船に乗るつもりだった。チケットもレストランのフルコースの予約もしてあった。

敦史は桟橋から遠ざかる客船を見つめた。

「ここ、久しぶりだね」

紗希が海に目をやりながら言った。

「ああ、そうだね」

「どうして、待ち合わせの場所をここにしたの？」

敦史は花束を差し出した。

「本当はいろいろ考えていたけど、何だかうまくいかなくて。でも……とりあえず、これ受け取ってくれるかな」

紗希は嬉しそうに手を伸ばした。

「ありがとう。初めてだね。お花なんてくれるの。あっちゃん、そういうことしそうにない人なのに。でも、そういうのしてくれそうにない彼氏が、急に花束をくれるって女の子はみんな嬉しいものだよ」

「そうか。今日が最初で最後だと思ってたけど、じゃあ、これからがんばって花をプレゼントするかな」

敦史は頭をかいた。

あらゆる予定が狂ってしまった敦史は、最後のために用意していた言葉を、ここで出す以外なくなってしまっていた。

「これにはわけがあって、今日はこれを受け取ってほしくて、ここに来たんだ」

敦史はポケットから小さな箱を取り出した。同時に敦史はその場に片膝をついた。

両手で丁寧に開くとそこには指輪が納まっていた。

「結婚してほしい」

紗希は言葉を発することができなかった。

ただ、なぜだか涙が浮かんできた。

敦史はもう一度言った。

「結婚してほしいんだ。プロポーズするなら、二人が出会った日に最初に来たここでって決めていた。本当は、あの船に乗ってレストランで食事をしながらプロポーズしようとしていたんだけど、こんな時間になってしまって……全然予定どおりには行かなかったけど……でも、これからも予定どおりに行かないことってたくさんあると思うんだ。俺は、それを楽しむのが人生だと思っている。何が起こるかわからない人生を、一緒に楽しまない？」

紗希はポロポロこぼれる涙をしきりにぬぐった。

「いいよ」

紗希は小さい声で言った。

敦史は立ち上がって、紗希の両肩を抱きすくめた。

「ありがとう。幸せにします」

紗希の耳元で敦史はそう言った。

「ううん。私が幸せにするわ」

紗希が言い返した。

周りでは足を止めてその様子を見ていた人たちやカップルが遠慮がちに音をたてずに拍手をした。

隣のベンチの老人も微笑みながら拍手をしている。

敦史は恥ずかしそうに頭をかいて、紗希と二人でペコリと頭を下げた。

拍手は大きな音に変わった。

「おめでとう」

どこからともなく声が上がった。誰かが指笛を鳴らして祝福してくれている。

隣の老人が立ち上がり、敦史と紗希の前に来た。

「おめでとう。素敵なものを見せてもらいました。私も花なんて買ったことない男でしてね。一度くらいは女房にあげなきゃいけないという気になりましたよ。ありがとう」

そう言うと、頭を下げて去っていった。

「ねぇ」

一段落すると紗希が言った。

「久しぶりに、超能力見せてくれない？」

紗希は、敦史がヤキモチを焼いて、超能力くらい俺も使えると神田に食ってかかったのだということを、つきあい始めてから敦史に告白されて、知っていた。

「もうその話は勘弁してくれよ」

「あっちゃん、超能力あると思うよ。だってそのおかげで、私たち一緒になれたんだから」

紗希は、冗談とも本気ともとれる言い方をして、敦史にとびきりの笑顔を見せた。

敦史は、その紗希の笑顔をいつまでも忘れたくないと心の中で強く、強く思っていた。

※参考文献『戦艦武蔵』吉村昭著（新潮文庫）

ラッキーボーイ

lucky boy

大学生協の書店には就職活動関連の本がズラッと並んでいた。平積みにされたそれらの本を手に取りながらペラペラめくり、どの本を買おうか物色している学生が、どの時間帯にもたくさんいる。

戸田敦史《とだあつし》は、授業で使う消しゴムを手に取ると、立ち読み学生を横目にレジに並んだ。目の前に並んだ学生は、就職活動関連の本を三冊も抱えて待っていた。

「焦っても仕方ないだろ……」

心の中でそうつぶやき敦史は冷ややかな目を向けた。

敦史の感覚では、就職活動を前に必死になるのはかっこわるい。

「そんな本、読まなくても面接なんて会って普通に話すだけだ。その普通の自分を気に入ってくれなければそれまでで、無理して好かれようとしてもしょうがないだろう。そこまでして内定が欲しいかね」

一緒に買い物に来た杉本哲也《すぎもとてつや》が、敦史の後ろに並んだ。哲也も就職活動関連の本を一冊手にしている。

「お前まで、買うの？」

敦史はあきれた表情を哲也に向けた。

「就活前に、この本だけは読んでおいた方がいいって、サークルの先輩に言われててさ。

その先輩も先輩に言われて読んでたらしいんだけど、素直に言うこと聞いておいてよかったって、心から先輩に感謝したって言ってたから」

「ふん」

敦史は鼻で笑った。

「本一冊読んだところで……」

敦史は目の前に並んでいる学生も、哲也と同じ本を持っていることに気づいた。

「敦史も、就活するんだろ。そろそろちゃんと準備した方がいいんじゃないのか？」

哲也は友人として敦史のことを心から心配した。

「大丈夫だよ」

「どうして」

「俺、ツイてるから」

哲也は苦笑いした。

「その自信はどこから来るんだ」

「自信というか、だってそういう人生なんだからしょうがないだろ」

哲也が心配しても敦史はいつもこの調子だ。最後は心配して損したと思わされるのがオチなので、哲也は適当なところで話を切り上げる。

「哲也も案外心配性だな。俺は今まで、『このままじゃやばい』と言われながらも何とかなってきた。高校入試もそれほど努力しなかったし、先生からこのままじゃ落ちるぞって言われたけど、受かったし、大学受験も適当にやって、何とかなるだろうって思ってたら、本当に何とかなっちゃったしね。でも、周りからはさんざん脅されたんだぜ。そんな甘い世界じゃないとか、それで合格できたら誰も苦労しないとか……それでも俺は何とかなってきた。就活だって何とかなるさ。焦るだけ無駄、無駄」

「はいはい。敦史がどうなるかは知ったこっちゃないけど、俺は適当にやって何とかなるほどツキがあるとは思えないから、ちゃんと準備をしておくとするよ」

哲也はあきれ顔で言った。

もちろん、敦史にまったく不安がないわけではない。だから実は誰にも伝えてはいないものの、資料の請求やエントリーシートを郵送したりはしていた。やるべきことはやる。でも人前でがっついてみせるのは嫌なのだ。そういうキャラでもない。

「蓋を開けてみたら、一番呑気に構えていたように見える自分が、一番最初に内定をもらっていたりして……」

そんなことを漠然とイメージしてはニヤニヤしていた。

「まあ、見てろ」

心の中でそうつぶやくと、敦史は自然と笑みがこぼれた。

リクルートスーツに身を包むと、自分が何もできない小さな存在のように感じられて嫌だ。若葉マークをつけた車の運転手みたいに、リクルートスーツを着ているだけで、まだ社会に出ていない未熟者だと宣言しているようで耐えられない。でも、内定をもらうまでは仕方がない。

「今日が最初の会社だ。最初で最後にしてやる」

敦史は気合いを入れて、一発で決める覚悟で家を出てきた。

敦史が向かった先は誰もが社名を聞いたことがある大手の建設会社。会社説明会はその会社の近くにあるホールで行われる。

都心の一等地に建つ自社ビル。その目と鼻の先にあるホールには続々と同じようなスーツを着た学生たちが集まってくる。

「いよいよだ」

と思うと同時に、これほど多くの人たちの中から自分の良さを見いだしてもらえるのか、自分は特別だと思ってもらえるのか、という弱気がこみ上げてくる。「俺はツイてるから」と言い続けてきた敦史も、ここへ来て初めて不安になった。

一五〇〇人を収容できるホールには、開始の四〇分前だというのにかなり多くの学生が集まり、受付では面接でもないのに、受付をしている若い女の人に、

「〇〇大学〇〇学部からやってまいりました、〇〇と申します。よろしくお願いいたします」

と教科書どおりのあいさつをしている学生も大勢いる。

「今から、あんなに気合い入れる必要あるのかね」

敦史はご苦労なことだと思いながらも、多くの学生の前向きな雰囲気に圧倒され始めていた。

「俺はツイてるから、どれだけ人がいても自分が選ばれるような気がするんだよね」

という根拠のない自信は、いつの間にかどこかへ行ってしまったようで、そこに集まった学生たちは、普段大学で目にする学生という人種と同じとは思えないほど、豹変《ひょうへん》した笑顔と礼儀正しさ、みなぎるエネルギーとやる気を前面に打ち出した人種だった。

そのスイッチを入れないでここに乗り込んでしまった時点で、すでに敦史は腰が引けていた。まさに、みんなお酒が入って最高に盛り上がっている状態の飲み会に一人だけしらふで遅れてきたときのような、雰囲気に入っていけない温度差を感じていた。

「敦史！」

後ろから声を掛けられてふり返ると、そこには哲也がいた。

「おお……哲也」

哲也は意味深な笑顔を見せて敦史に近づいてきた。

「何にもしていないようなふりして、結構動き出しは鋭いじゃないか。ここの説明会はきっと業界で一番最初だろ」

「まあ、どうせやるならさっさと終わらせるに限るだろ」

敦史は苦笑いをして、強がった。

二人は受付を済ませるとホールの入口へと向かった。

ステージが遠くに見える。前の方の席はほとんど空きがないようだ。真ん中から後ろの方はまばらに空いている。

「結構来てるな」

哲也が言った。

「この辺に座ろうぜ」

敦史は後ろの入口にほど近いところを指さしながら哲也を促した。

「せっかくだからもっと前の方に行こうぜ。ここじゃあ社長さんの顔もよくわからないし。こっちから顔が見えないってことは、向こうからも顔が見えないだろ。顔を覚えてもらえる場所に座った方がいいって情報誌に書いて……」

「こんなにいるんだぜ、覚えられるわけないだろ」

敦史は、哲也の言葉をさえぎって話を続けた。

「今日面接があるわけじゃないだろ。今日は説明を聞くだけだ。ということは目的は、受付に来たという事実を残すことだろ。ちゃんと受付をしたし、あとは話を聞いて帰るだけじゃないか。できるだけ後ろの方で、どんな奴《やつ》らが来ているのか見ておこうぜ。前の方に行っても、途中で眠くなってコックリコックリし始めたら、それこそ顔を覚えられるぞ。あいつが来ても落とせってなる。全体の様子が見えるこのあたりが初日としては一番いいって」

「しょうがないなあ……」

哲也は渋々従った。

二人は受付で配られた封筒の中の資料に目を通しながら、開始時間を待った。

開始一〇分前には大半の席が埋まっていた。敦史たちの周りも誰かが座っている席を一つ飛ばして座るという座り方に限界が来ていて、

「そこ、よろしいでしょうか……」

と声を掛けられるたびにイスに置いている荷物を膝の上に移すという動きが頻繁に見ら

れるようになった。

敦史は一番通路側に座っているので、隣を空ける必要はないが、代わりに、その列の中に入る人、荷物を置いてトイレに立つ人がいるたびに、いちいち席を立ってイスを撥《は》ね上げなければならなかった。

「すいません」

と言われて、何度目になるかわからないが、人を通すために立ち上がった敦史の横に、声の主とは別の、見たことがある男が立っていた。

男は遠い目をしながら、前の方に席があるかどうか探している様子だった。やがて、空いている座席を見つけたのか、階段状になっている通路を前の方に向かって駆けていった。

「今の奴、見た？」

敦史が哲也に言った。

「誰？」

「ほら、あそこ。この前、哲也が本を買ったときに、俺の前に並んで就活関係の本を三冊買ってた奴だよ」

敦史が指さした男は、前から五列目あたりの真ん中に一つだけ空いている席を見つけたのか、すでに座っている多くの人を立ち上がらせて、申し訳なさそうにそのイスに向かってたどり着こうとしていた。

「下手すると、これからずっとここにいる全員と顔を合わせることになるかもな」

哲也の言葉に、笑って反応しようとした敦史は、哲也の表情を見て、冗談で言ったのではないということに初めて気づいた。

たしかにそうかも知れない。どの大学でも学生の考えていることはそう変わらない。就職活動の第一歩としてこの会社を選んだ人間は、結構同じ思考で生きているのではないか。ということは、考えている二の手、三の手も案外、同じである可能性もある。

いや、可能性があるどころか、きっとそうだろう。そう、敦史がエントリーしようと考えている次の会社にも、ここにいる学生のほとんどがエントリーしているに違いない。

考えてみれば当たり前のことだが、哲也にそう言われるまで、そんなことを考えもしなかった。

敦史は満席になったホールを見渡してみた。この中から内定をもらえるのは、ほんの数名だろう。残りの一五〇〇人、つまりほぼ全員が内定をもらえずに次の会社に望みを託す。でも、そこに集まるのはやはりこの一五〇〇人。いや、もっと多くなるのかも知れない。

敦史は、初めて背筋に冷たいものが流れる感じがして、動悸《どうき》が激しくなった。

そのとき頭の中に浮かんだ言葉を口にしたら、自分を支えているものが、一気に壊れてしまうような気がして恐かったが、その言葉は止めようと思っても止まらず、頭の中をぐるぐるまわっていた。

「選ばれる気がしない……」

その瞬間、ホールに長めのブザーが響きわたり、会場のざわつきが一瞬にして静寂に変わった。

物音一つしない緊張感が数秒続いたところで、舞台袖にスポットライトが当たった。そこには一人の女性が立っていて深々と一度お辞儀をした。

「ただいまから、平成○○年度、株式会社三尾《みつお》建設、採用説明会を開催いたします。学生の皆様、本日はお集まりいただき、誠にありがとうございました。本日は当社の全役員が壇上に上がりますが、その前に人事部長の塚田《つかだ》から皆様にごあいさつがあります」

舞台袖でアナウンスをした女性がさがると、代わりにスーツ姿が似合う体格のいい男性が出てきた。遠目には結構若くて、「やり手」を絵に描いたような自信に満ちた顔をしているように見えた。一五○○人の背筋が一斉に伸びた。

「皆さんこんにちは、人事部長の塚田です」

「こんにちは」

大きな声とともに一斉に学生たちの頭が下がった。大学の授業では一度も見たことのない光景に敦史は圧倒された。

「教授のためには、ちょっとした声すら出さないくせに、自分が選んでもらうためにはみんな必死になる……」

そういう姿勢が敦史は好きではなかったし、そうとも知らずそういう人材を選ぶ企業ならこちらから願い下げだ……というのが敦史の考えだったが、果たしてだからといって自分が選ばれるかどうかは別問題である。

「これだけたくさんの学生さんにお集まりいただき、我が社としては本当に光栄です。きっと一人ひとりに素晴らしいところがあり、輝く才能がおありだと思います。ですが、この大勢の中から、ほんの数名の内定者を決めるためには、ある基準を設けるほかありません。私たちは、学歴が決して万能ではないことを知っています」

敦史は哲也に耳打ちした。

「よかったよ」

実際に敦史たちの大学は私立の中堅校に位置している。全国的に名前は知られているが、一流と言われる大学の滑り止めでしかない。

哲也は話しかけられたのを迷惑そうに、人差し指を口元に当てた。

人事部長の話と並行して、四人のスタッフが前から順に資料を配っている。

「四人で全員に配ってたら、ここまで来るのにどれだけ時間がかかるんだろう」

なんて余計な心配をしているうちにも、人事部長は話を続けた。

「そこで、私どもが最初に設けた基準は、この説明会で前から一〇列目までに座るということです。理由は各自考えていただければ幸いです」

会場は相変わらず静寂に包まれていたが、会場の空気が凍り付いているのは誰もが肌で感じていた。

「当社の面接を受けるうえで、必要なもの、それから今後の日程が書かれた資料を、今スタッフがお配りしました。前から一〇列目までの方にお渡ししましたので、その方々はこの会場にお残りください。それ以外の方は、本日は終了になります。ご足労いただきありがとうございました」

そう言って、ゆっくりと丁寧に頭を下げると、人事部長はさっさと舞台袖に引き下がった。

代わりに、扉という扉から「誘導」という腕章を付けた係員が何人も入ってきて、

「お帰り口はこちらになっております」

と声を上げ始めた。

初めはあっけにとられていた多くの学生も、事態が飲み込めてきて、諦めのため息とと

もに席を立ち始めた。誰もが無言で席を立ち、荷物を持ち上げるときにすれる衣類の摩擦音ばかりがあちこちから上がっている。

敦史はあまりの唐突な出来事に、すぐに立ち上がることができず、

「えっ、終わりなの。ホントに終わりなの？」

と小声でくり返すことしかできなかった。

哲也が怒りに震えながら立ち上がった。

「俺たち、高校生じゃねえんだよ。みんな平等で、何だかんだ言っても許してもらえるだろ、なんて甘えは捨てないと一生仕事なんかねぇってことだ。俺もいつまでも学生気分でお前に引っ張られてる場合じゃねえな」

哲也は敦史に目もくれず、足早に会場をあとにした。

敦史は、哲也のあとを追おうとしたが、気まずさからどうしていいかわからず席を立つことができなかった。

自分はともかく、哲也が門前払いを食らってしまったのは、明らかに自分の責任だということは感じていた。でも、哲也を呼び止めて、

「ごめん」

と一言、謝る勇気が敦史にはなかった。

冬休みに入ると大学も人影はまばらになった。

あれから敦史は七社ほどの説明会に足を運んだ。最初の苦い経験から、できる限り前の方の席で説明会に参加するようにした。

なるほど、前から一〇列目以内に座ろうとすると、それなりの準備と覚悟がいる。人より早く起きなければならないし、壇上から見える距離だけに、身だしなみにも時間がかかる。受付が始まるずっと前から並んでなければいけない。その間も、会社の関係者に見られていると思うと気が抜けない。その会社に対して相当な想《おも》いを持っている人間でなければ、あんな大きな会場の前から一〇列目までに座ることなどはできないということを敦史は学んだ。

だが、残念ながら、あれから参加したすべての説明会が、会場のどこに座ろうがすべての人に平等に資料が配られた。敦史は、そのたびに悔しい思いをかみしめた。

「俺が一番、この説明会のためにしっかり準備をしてきたというのに、時間ギリギリに来て、できる限り後ろの方に座ろうとする奴らと、扱いが同じなんて……」

敦史の怒りの矛先は、かつての自分のような学生たちに向けられていた。

哲也とはあれ以来、話をしていない。

大学で同じ講義を受講することも何度かあったが、哲也はできる限り一番前の席に座り、敦史は相変わらず後ろの方の席に座っていた。

哲也のその行為は、敦史に対する当てつけのように感じたし、敦史も気まずさから哲也の姿を見つけると哲也を避けるようにできるだけ後ろに座るのだった。

「意気地がない」

敦史は自分に対してそう思う。

変わった方がいいと思ったときに、すぐ変わるのは難しいことだ。急にキャラクターを変えたことで周りに何を言われるかを考えただけで恥ずかしいと思ってしまう。

だから、哲也の前で自分を変えるのが難しい。哲也がいないところでは、そうするのが当然のようにできる限り前の席に座ろうとしているにもかかわらず、メンツのようなものを考えている自分は本当に勇気がないと思っていた。

そのたびごとに、

「ちゃんと謝らないとなぁ」

と深いため息をつきながら、考えては暗くなった。

中間テストの点数がギリギリ足りず、単位がとれそうにない学生のための救済措置として、教授が指定した本を読んでレポートを提出するという課題が出された。レポートの内容によっては加点してもらえるという。その本を買うために、敦史は冬休みの大学にやってきた。

一般書店に売っている本ではないが、大学生協の書籍コーナーに数冊置いてあるということを教授から聞いている。冬休み中とあって、大学生協の中も人影はまばらだった。書籍コーナーでは、お目当ての本はすぐに見つかった。

手にとって金額を見て驚いた。

「げっ、一冊五〇〇〇円もするの！」

敦史は思わず声を出した。

「高えなぁ！」

敦史は財布を取り出して、中身を見た。何とか買えそうだが、帰りに食べようと思っていたラーメンは諦めなければならない。

人件費削減のためか、いつもは三つは開いているレジが、一つしか開いていない。客数は少なかったが、レジにはちょっとした列ができていた。

敦史が列の最後尾につくと、目の前にはあの男が立っていた。数か月前と同じように、敦史の前に並んでいるのは、最初の会社説明会で運良く前の方の席を見つけて資料をもらったであろう彼だった。

敦史は、少しだけためらったが声を掛けてみた。

「やぁ」

宮本裕樹《みやもとゆうき》は両手に本を抱えたままふり返った。

「やぁ」

裕樹は何とか返事をしたが、後ろに立っている男に見覚えがなかった。当然だろう、敦史が一方的に見かけただけだ。

「結構買うんだな」

敦史は当たり障りのない話題を選んだ。

「ああ、できる限りたくさんの本を読んで、少しでも世界を広げておきたいと思ってね」

裕樹が抱えている本は、英会話の本に始まり、脳科学の本、流行の小説やネルソン・マンデラの人生を描いたものなど、多岐にわたっている。戦艦武蔵《むさし》についての本なんかも抱えていた。

「就活のための準備？」

「いや、就活はもう終わったんだ。その後の人生のための準備……かな」

「終わった？」

敦史は、驚きの声を上げた。

「ああ」

「まさか、三尾建設？」

「えっ」

今度は裕樹の方が驚きの声を上げた。

「どうして知ってるんだ？」

「実は、説明会の会場に君がいるのを見かけたんだ。大学内でも一度見たことがあったから、同じ大学の奴が来てると思ってね。今日が、俺が君を見かけた三回目ってことになる。

……それにしても、よく内定もらったなぁ。内定者は結構いたの？」

「五人……かな」

「ご……五人？」

敦史は羨ましさを通り越して驚きしかなかった。あの人数の中には、敦史たちの大学以上に優秀な大学からの学生がたくさんいたはずである。ところがほんの数名の内定者の中に、目の前の男が選ばれたという事実が不思議でならなかった。

「いやぁ、運がよかっただけだよ」

「運？」

「ああ、あの会社の人事部長が、たまたま知り合いだったんだよ」

「親戚か何か？」

「いやいや、そうじゃないよ」

そんな話をしているうちに、裕樹の会計が終わってしまった。

話が途中だったからか、裕樹は敦史の会計が終わるのを待ってくれている。

敦史は会計を終えると、裕樹と並んで歩きながら話を続けた。裕樹がどこに向かおうとしているのかはわからないが、敦史にはこのあと行くべき場所などなかったから、とりあえず並んで歩くことにした。

まずはお互いに軽く自己紹介を済ませた。

「あの人事部長、この大学のすぐ前に住んでいるんだよ」

「そうなの？」

「ああ、毎朝、正門前のバス停を使って駅まで向かうんだ。で、僕はこの一年間、毎朝、あのバス停から正門までと、正門を入ってから3号館までを掃除してたんだよ。その時間が部長の通勤時間といつも重なってたんだ」

「何で掃除なんか？」

「自分の通う大学を好きになろうと思ってね」

「そんで好きになったから掃除をしたのか？」

「いや、そうじゃない。好きになろうと思ったから、掃除をしたんだ。自分が心から大切にしているものは、大好きになるんだってことをある人に教えてもらってね。やってみることにしたんだよ。そしたらそのうちバス停に並んでいる人から、声を掛けてもらえるようになって、僕も掃除をしながらすれ違う人にあいさつをするようになったんだ」

「で、あの部長さんと話をするようになったってわけか」

「ああ。最初はあいさつ程度。そのうち、同じことをあの部長さんにも聞かれてさ」

「何で掃除をしているのかって？」

「そう。それで同じように答えたんだよ。そしたら塚田さんも、自分が住んでいる街を好きにならないとな……って言いながら少しの時間だけど一緒に手伝ってくれるようになったんだ。宮本くんから大切なことを教えてもらったなんて言われて、嬉《うれ》しくなってね」

「それで、引き抜かれたってわけか」

「いいや……そうじゃないんだよ。本当に運がよかったんだ。あの日、三尾建設の説明会に行ったら塚田さんが出てきてビックリしたんだ。塚田さんも壇上から僕を見つけてビックリしてたよ。でも一次面接のときに塚田さんが僕のところにすぐ来てくれて、宮本くんは内定を出すということで社長からも了解をもらっているって言われて……」

「そんなことが……起こるんだな」

「そうだよね。自分でも信じられないほど運がいいっていうか。でも、どこで誰が見ていてくれるかわからないものだよね」

敦史は奇跡という言葉よりも、「当然」という言葉が浮かんできていた。宮本裕樹が、内定をもらったのは、奇跡ではなく、当然だと心から思った。

内定のためでもない、誰から命令されたわけでもなく、雨の日も風の日も一日も休まず、誰よりも早く起きて、掃除をし続けた若者。

そんな若者を採用しない企業があるとしたら、よほど見る目がない。

選ばれるなら、自分ではなく、この男だと敦史は思った。

「ただね、俺は奇跡はいつだって起きていると思っているんだ」

裕樹が話を続けた。

「考えられない偶然の出会いは、今この瞬間だって起きている。そのときに相手にあげられる何かを持っている人でありたいとはいつも思ってるんだ。だからほら、こうやっていつもいろんな本を読んでる」

裕樹は紙袋に入れられた本を重そうに持ち上げた。

「一冊読めば世界が広がる。奇跡的に出会った人にあげられる何かが増える。そんな素晴らしい宝が、こんなに少ない値段で手に入るものってないからね。本は安すぎるよ」

敦史は苦笑いをした。

敦史は、自分が偽物のような気がして恥ずかしくなるのを感じた。面接のときだけ、就職活動のときだけ、自分を偽って何とか気に入ってもらうことができる。そういうことができるのが「ラッキー」つまり運がいい人だと思っていた。

ところが、宮本裕樹が手にした「ラッキー」は違っていた。

決して採用を目的としてきた行動ではないが、誰もが「こういう学生にうちの会社に来てほしい」と思えるような美しい心とそれを行動に移す勇気と素直さを持っている。自分には、そのどれもないような気がした。美しい心、行動に移す勇気、そして素直さ。どれも欠けている。

きっと彼は塚田部長と出会っていなかったとしても、三尾建設に面接に行かなくても、別のところで「ラッキー」が起こっていただろう。敦史は、そうでなければならないとすら感じた。

「どんな状況でも、ラッキーが起こって当然の人になれってことだな……」

敦史は独り言のようにつぶやいた。聞き取れなかった裕樹が敦史の顔を覗《のぞ》き込むように見つめた。

「いや、こっちの話……それよりさ、俺に一冊いい本を紹介してよ。なかなか就職活動もうまくいかなくてさ。気持ち的に滅入ってるんだよね」

裕樹が紹介したのは、いつか哲也が先輩から紹介されたという本だった。巡り巡って振り出しに戻った感じがしたが、今は素直に読んでみようと思った。

「それから、俺も一緒に掃除していいかな」

「朝?……いいけど、どうして急に」

「俺、第一希望を落っこちてこの大学に来たこともあって、この大学のこと好きでも嫌いでもなかったんだよね。でも、せっかく四年間通うんだし、通ったからには、一生ここの大学卒業って自分の人生につきまとうんだもんな。どうせなら好きになりたいじゃない」

裕樹は笑顔でうなずいた。

「で、何時に来ればいいの?」

「六時、集合ね」

「早っ!」

敦史は言ったことを少し後悔したが、どうせならそれくらい極端な方がやりがいはあるかと思い直し、決意を新たにした。

「よし! 六時! 任せとけ!」

敦史はそれから毎朝、裕樹と一緒に学校の掃除をするようになった。一緒に掃除を始めて三日目に、初めてバス停のところで三尾建設の人事部長、塚田に会った。時刻は六時一五分。この季節、まだ夜も明けきらない暗いうちから出勤をしているのだ。あらためて社会人は、学生とは覚悟も意志も別格だと思い知った。

「おはようございます」

敦史から声をかけた。掃除をしながらすれ違う人にあいさつをするのにも、もう慣れてきた。

「おはよう。君は……いつもの宮本くんじゃないね」

「ハイ、宮本と一緒にやらせてもらうことにしたんです」

「おお、そうかい。それは素晴らしい。素晴らしいと思うことを、真似するのは実は勇気がいることだ。私も、彼と一緒に掃除をするようになるには勇気がいったからね。よくそういう気持ちになったね」

そう言いながら塚田も吸いがらを一つ拾った。

「三尾建設に落とされたのがきっかけです」

敦史は笑顔で言った。

塚田は思いもかけなかった答えに、目を見開いたが、やがて笑顔になった。

「そうかい。それはいいことを学んだね」

「ハイ」

敦史はそう言うと、塚田に背を向けて掃除を続けた。塚田は目の前の若者の背中を嬉しそうに見つめていた。


冬休みから始めた早朝掃除も、続けていくうちにやるのが当たり前になっていった。そして、掃除を続けるごとに、たしかに自分の大学に対する愛情が深まっていくのを感じた。誰かがゴミを捨てたり、煙草を投げ捨てたりする行為に対して、自分の部屋にゴミを捨てられるほどの嫌悪感を抱くほどになっていった。

就職活動の方は、相変わらず思いどおりには進まなかったが、リクルートスーツは嫌だとか、受付ですら自分をアピールするようなあいさつをするのはみっともないとか、余計な体裁を気にすることはなくなった。

桜の季節を迎え、新入生が大学にあふれ、サークルや部活動の勧誘が繰り広げられる中を四年生になったばかりの敦史は歩いていた。履修届提出のために久しぶりにやってきた大学は、まだ在学中にもかかわらず、すでに自分のものというよりは、彼らのものになってしまった気がした。

学生課で書類を提出するために列に並んでいると、後ろから肩を叩《たた》かれた。

ふり返ると、そこには哲也がいた。

「おお……久しぶり」

敦史は、虚を衝《つ》かれて、とてもぎこちなく笑顔をつくってあいさつをした。話をすること自体、数か月ぶりである。それも、まさか哲也の方から歩み寄ってくれるなんて想像もしていなかった。

「敦史、お前に報告があってな」

「何だ？」

「俺、内定もらったんだ。しかも一番行きたかった業界の第一希望だ」

敦史は、心の底から、ジワジワと喜びが込み上げてくるのを感じた。

「おおおおお！　哲也！　おめでとう。よかったな。本当によかったな」

敦史は、自分のこと以上に哲也の内定が嬉しかった。込み上げてくる喜びは止めどなく、敦史は涙を流し始めた。

「俺、本当に哲也には申し訳ないことしたって、ずっと思ってて、でもどうすることもできなかったから。ずっと心配してたんだ」

哲也は首を振った。

「いや、俺の方こそ悪かった。全部、敦史のせいにして自分は悪くないなんて思ってたけど、あそこに一緒に座るって決めたのも自分だし、あのとき敦史に、『それじゃダメだから、前に行こう！』って言ってやれれば、敦史のことを救えたかも知れなかったんだ。俺が、弱かった。自分に弱かった。それを、お前のせいにしていた」

今度は敦史が首を振った。

「いや、俺だ。俺が弱かった。でも、よかった」

敦史は哲也の肩を強く握りしめた。

「敦史はどうだ？」

「俺は、まだまだだ。でも、大丈夫。三尾建設のあの一件以来、いろんな人と出会って、いろんなことを学んで、ほんの数か月だけど、本当に自分が変わってきたと思うんだ。何より、本が好きになったし。そんなことを学べたのも、あの門前払いのおかげだからな」

哲也は嬉しそうに、敦史の肩を握り返した。

「なるほど、お前なら大丈夫そうだ」

「ああ、俺は、運がいいからな」

夢の国

utopia

宮本裕樹《みやもとゆうき》が大学に入学しておよそ一年が経つ。

大学生活は裕樹が思っていたものとは大きく違っていた。

佐賀の田舎から出てきた裕樹にとって、東京は自分が経験したこともない楽しいことがたくさん待っている「夢の街」だった。

そんな夢のような街で、毎日楽しく遊ぶことだけを考えて、おもしろくも何ともない高校生活も我慢したし、浪人生活にも耐え、苦しい受験期も乗り越えてきた。ただ「東京へ行きたい」という一心だった。

ところが実際に上京してみると、裕樹が考えているような生活はどこにもなかった。

大学のサークル活動にも、友達と遊ぶのにもお金は必要だ。

残念ながら待っていたのは、そういうものに参加する余裕すらないほど、お金に困る生活だった。

大学の授業のあとはアルバイト。大学が休みの日はなおのことアルバイトの時間を長くした。バイトが終わると賑やかな街を横目にアパートに帰って寝るだけ。そんな毎日が続いた。

夢も希望もなくしてしまったわけではないが、生活するのに精一杯という毎日に疲れ始めていた。

大学のある街から、アルバイト先の新宿まで電車で三五分。

多くの学生が、大学の周辺でバイト先を探していたが、裕樹はあえて新宿で探した。

理由の一つには時給の相場が割高だということがあったが、一番の理由は、新宿までの「定期」が欲しかったからだ。

アパートは大学から自転車で一〇分のところにある。

アルバイト先まで大学の近くで探してしまったら、せっかく「東京」にいる四年間、郊外のベッドタウンから出られないままになってしまうだろう。

それに遊びに行くための電車賃すらもったいない。

でも、バイト先が新宿だと、交通費が支給される。つまり、いつでも新宿で遊ぼうと思えば遊べるのだ。

そう思って始めたアルバイトだったが、結局そんな機会もなく半年近く経つ。

裕樹は、そろそろ生活そのものを見直してみようと思っていた。

アルバイト先を変えて、気分も新たにやり直したい。

そんなふうに思っていた。

選択肢は二つある。

一つは今まで同様、新宿まで出てきて、より時給のいい仕事に移る。

もう一つは、大学の近くで探す。その場合は時給は下がるが、今よりも落ち着いた毎日が送れるようになる。

いずれにしても、今のアルバイトをやめよう。

そう思うようになった。決定的な理由なんてない。

何となくやめたくなった。そして、一度やめたいと思うと職場や、そこで働く人のあらさがしが止まらなくなり、こんなところにいられないと思い始める。その気持ちが加速して、いてもたってもいられなくなる。

裕樹は新宿駅から歌舞伎町へと向かう裏通りを歩きながら、バイト先の店長に、やめる理由をどう説明しようか考えていた。やめなければならない理由なんて次から次へと浮かんでくる。決して「やる気がなくなった」「何となく」なんて言わない。

「まあ、それじゃあ、しょうがないよな」

と言ってくれるような理由をしっかりとつくりだそうとしていた。

バイト先には、従業員専用の通用口があり、入ってすぐのところにタイムカードが置いてある。

裕樹は自分の名前が書かれたカードをとって、機械に入れた。

自分でもあきれるほどすべてのマスに打刻がされている。同じ面に休んだ日がない。念のためひっくり返して裏面を見た。カードの青い方の真ん中あたりに、一日だけ打刻のない日がある。

「今月は一日だけか……」

裕樹は苦笑いした。

スタッフルームに入ると五時の開店を前に、みんな着替えをしたり準備をしていた。

「おはようございます」

裕樹はいつもの調子であいさつをする。

いつもの調子のあいさつがいたるところから返ってきた。

裕樹は縦長のロッカーに荷物を投げ込み、そこにかかっているウェイター用のスーツに着替え始めた。初めて着たときには、ちょっと大人になった気がして胸が躍った制服も、今は鏡に映る自分の姿にため息しか出ない。

裕樹は店長室に向かった。

「宮本です。店長いますか？」

裕樹は扉をノックした。

「入っていいぞ」

中から、店長の中井《なかい》の声がした。

「失礼します」

三畳ほどの小さい事務所に事務机を入れて、店長の中井が伝票と電卓とにらめっこしながら帳簿をつけていた。

「何だ？」

「あのぉ、自分ちょっと、バイト続けられなくなったので、やめさせてもらえないかと思ってきたんですけど」

中井の手が止まった。

ずれた眼鏡のまま上目遣いに中井は裕樹を見つめた。

裕樹は中井の言葉を待っていたが、沈黙に耐えられず自分から理由を説明しだした。

「大学の方が、忙しくなってきて、来年からこんなに頻繁にバイトに来られそうもないんです。それに、この一年間、勉強よりもバイトを優先した結果、結構単位も落としてしまって、やはり学生は学業が本分なので、これじゃあ、本末転倒だということで親にも怒られて……」

「いつ？」

中井は、裕樹の話を最後まで聞かずに声を掛けた。

「はい?」

「いつまでやれるの?」

「あの、急で申し訳ないんですけど、できれば今日でやめたいんですけど」

中井はまた無言で裕樹を見つめた。

裕樹はまた、用意していた言葉をついだ。

「実は、春休みになって、実家に帰ってこいって親がうるさく言ってくるんですよ。一年の成績が実家にも送られたみたいで、それを見て話があるって……だから、明後日には佐賀に……」

「わかった。給料はいつもの口座に振り込まれる」

それだけ言うと、中井は、帳簿の仕事に戻った。

「あの……今までお世話になりました。ありがとうございました」

裕樹は、何となく罪悪感を覚えて、丁寧に頭を下げた。

「一緒に働いてきた仲間一人ひとりに、今日が最後だって言って、ちゃんとあいさつをしておけよ」

中井は目を電卓に向けたままそう言った。

「わかりました。ご迷惑をおかけしてすみませんでした」

中井はそれには答えず、帳簿付けを続けていた。

裕樹は強く反対されたり、引き留められたりしたらどうするかまで考えていたので、ちょっと拍子抜けだったが、難なくやめるということを認めてもらえたので少しホッとした。

スタッフルームに戻ると、先輩の富永《とみなが》さんが来ていた。

「おはようございます」

裕樹は自分からあいさつをした。

「ああ、おはよう」

「富永さん、実は俺、今日でここやめることになりました」

「おっ、何だメジャーデビューでもするのか？」

裕樹は苦笑いをした。大学に入った頃にエレキギターを買った。軽音のサークルに入ろうとしたこともある。仮入部の時点で何人かで声を掛け合ってバンドを組んだが、未経験者の裕樹だけにギターをやらせるのでは曲にならないという理由で、バンドには経験者と裕樹の二人がギターとして入った。当然、裕樹はバンドの練習から足が遠のき、至って自然にバンドから脱退した。そう思っているのは裕樹だけで、バンドのメンバーは初めから裕樹なんていなかったものとして活動をしている。

「バンドはもうやめました」

「そうなの？　結構熱く語ってビッグになるとか言ってたから、バリバリ続けてるのかと思ってたのに」

「酔った勢いで言っただけなんで、忘れてくださいよ」

富永さんは、ボクシングジムに通っている。プロのライセンスも持っている。

日本チャンピオンになるのが夢だと、お酒が入ると熱く語る癖がある。もちろん熱く語るだけじゃなく、それに向けて努力を積んでいることも知っている。

毎日一時間のロードワークを欠かしたことはない。

「お前にも夢があるだろ！」

夢に向かって毎日努力をしている人に面と向かってそう言われると、自分がみじめな気がして、つい大きなことを言いたくなる。口ばかりで何かに向けて努力を続けていない自分を見透かされるのが恐くて、余計に口だけになる。

「俺、バンド始めたんです。それでビッグになります！」

たしかそんなことを言ったような気がする。このバイトを始めた頃の話だ。その話をしてからというものろくにギターに触れてもいない。

「じゃあ、なんでバイトやめんの？」

富永は、別に興味もなさそうに尋ねた。

「大学の方も忙しくなってきて」

「ウソだね」

裕樹の言葉をさえぎるように富永は言った。

「本当ッすよ……」

「お前に、大学まじめに通う気がないことぐらいわかるよ。大学が忙しいという理由で他のものをやめるほど、お前にとっての優先順位は高くない。俺みたいに、何かに必死になって毎日過ごしている人間は、そういうものがない生き方をしている人間をかぎ分けることくらい簡単なものさ」

「まいったな……たしかにまじめに行ってなかったんですけど、だからやばいことになって、ちょっとまじめにやろうかなって思って……」

「まあいいよ。俺にウソついてもしょうがない。でも、もう逃げるなよ」

「別に、逃げるわけじゃないっすよ」

富永の言葉を否定する裕樹の声は小さく、力がなかった。

その後も、一人ひとり会う人会う人に、あいさつをしていったが、富永のように話題に踏み込んでくる人はいなかった。誰もが、

「そうなんだ」

「さみしくなるね」

「おつかれさま」

と社交辞令のように、当たり障りのない返事をして、早々に会話を切り上げていった。

勤務時間中ずっと裕樹の頭の中に、富永に言われた言葉がくり返されている。

「もう、逃げるなよ」

大事なときに限って、何かと言い訳をして、本気になるのを避けて生きてきた。その言い訳は自分に対してもしてきたのだろう。逃げているということを自分で意識したことはなかった。

でも、富永に「もう、逃げるなよ」と言われたことによって、裕樹は、自分が今まで、ちょっとでも苦しくなったら逃げるということをくり返して生きてきたということを思い知らされた。自分でも自分を納得させる理由を考えてきたから、逃げているなんて思ったこともなかった。それくらい周到に、

「仕方ないことだ」

と自分が納得できるほどの言い訳をどんなときでも用意してきた。

富永が「逃げるな」と言ったときの表情は、店長の中井が「わかった」と言ったときの

表情と同じだった。

つまり、中井も「こいつ、また逃げるんだな」と思ったということだろう。

「すいません」

客の声に裕樹は我に返った。

「はい」

返事をしてオーダーをとりに向かった。

飛び込みで個室に入った一六人の団体客だった。

食事のオーダーとドリンクのオーダーは通す場所が違う。厨房《ちゅうぼう》に食事のオーダーを通すと、裕樹はバーカウンターに向かった。

「オーダーお願いします」

裕樹はバーカウンターの中に声を掛けた。

「はーい」

明るい声が返ってきた。

「団体で、一人ひとり飲み物がバラバラだから作るの大変だよ」

裕樹は気の毒そうな顔をしながら伝票を手渡した。

「がんばる」

笑顔を向けたのは、張浩《ちょうこう》という中国からの留学生だ。

語学留学といわれているが、ほとんど毎日アルバイトをしているから、本当は何をしに来たんだかわからない。

「一応、張さんにもあいさつしておくか……」

とあまり話したことがない張に声を掛けた。

「そういえば、張さん、俺今日でやめるんだよ」

張は手を止めずに、注文票を見ながらカクテルを作り始めた。

「どうしてやめちゃうの？」

「やる気が起きないから」

あまり難しい日本語はわからないと思い、裕樹は適当に返した。

「もったいないね。こんなに素晴らしい国にいるのに」

「素晴らしい？　どこがよ。今の日本は素晴らしくないでしょ」

張は笑顔で首を振った。

「日本嫌いですか？」

「好きじゃないね。もっといい時代に生まれたかったし、もっと自由な国に生まれたかったよ」

「裕樹さんダメね」

「ダメ？　どうして？」

「日本以上に自由な国ないよ。夢のような国。外国行ってみればわかる。ここ、宝の山ね。わかる？」

「宝の山？」

「そう。私にはそう見える。裕樹さんには見えない。大事じゃないから見えない」

「大事じゃないから？」

「そう。嫌いってことは、大事にしていないってこと。それダメ。自分の国、嫌いってことは、自分の国大事にしてないってこと」

「好きなら大事にするよ」

「違うね。大事にしないから好きじゃない。わかる？」

話しながらも張は次々とカクテルを作っていく。

「家族好き、だから家族大事にするウソ。家族大事にする、だから家族好きホント。お店好き、だからお店大事にするウソ。お店大事にする、だからお店好きホント。私の言ってることわかりますか？」

「ああ、わかるよ。大事にするから好きになるってことね」

「そう、そう。裕樹さんが嫌いなもの、裕樹さんが大切にしていない。日本も、お店も。だから嫌いでやめたくなっちゃう。違う？」

裕樹は苦笑いした。

「そうかも知れない……」

「自分の居場所を大切にしている人は、信頼されるね。日本に来てそれ教えてもらった。裕樹さんもったいないよ。こんないい国にいるんだから、裕樹さんにやる気さえあれば何だってできる国じゃない。そんな国、世界中どこにもないね。はい、できた」

張は一六人分のドリンクをカウンターに並べ終えた。

裕樹はそれを一つひとつ盆にのせていった。

「張さん、日本好き？」

「はい。私は日本大好きです」

「中国の人では珍しくない？」

「中国にもいろんな人います。日本にもいろんな人います。私は、日本が好きで日本に来たし、日本に来て今の自分の居場所がとても好きです」

「何だか、嬉《うれ》しいね」

「だから、裕樹さんも日本のこと好きになってください」

裕樹はおかしな気がした。裕樹が張さんに言うならまだわかるが、中国から来た留学生に日本のこと好きになってくださいと言われるなんて思ってもみなかった。

「わかったよ、張さん。もっと俺が自分の居場所を大事にしなきゃいけないってことね」

「そうですよ、裕樹さん」

張は手を腰に当てて、裕樹が重そうにお盆を持ち上げるのを笑顔で見ていた。

二三時に最後の客が店を出て、閉店のための作業を終えたのはそれから二〇分後だった。ロッカーで着替えて、タイムカードを押し、一とおりバイトの仲間たちとのあいさつを終えた裕樹は、タイムカードを持って、店長室の中井のもとにそれを届けに行った。もちろん最後のあいさつもしなければならない。

裕樹は店長室の扉をノックした。

「どうぞ」

中から中井の声がする。

「失礼します」

扉を開けると、中井が服を着替え、ハンガーポールから帽子を取っているところだった。

「ちょうどいい、ちょっと付き合え」

「えっ、あの……はい」

虚を衝《つ》かれて裕樹は断るタイミングをなくした。

「終電の時間なので……」

とか、何とでも言い訳できたはずだが、急にやめると言った後ろめたさからか、この日くらいは付き合わなければならないような気がした。

中井に連れていかれたのは、大人の雰囲気のバーだった。裕樹は初めて来る店だったが、バイト仲間の間では、何人かが中井に連れてきてもらったことがあるらしく、何度か話題に上ったことがある場所だ。

店に入ると、黒服を着たバーテンダーが落ち着いた雰囲気で、

「いらっしゃいませ」

と深々と頭を下げて、中井と裕樹の二人をカウンターへといざなった。

中井も慣れた様子で、そこがさも自分の席であるかのように迷うことなくカウンターの真ん中の席に座った。

「飲めるの？」

中井が裕樹に聞いた。

「はい……飲めます」

中井はカウンターの中のバーテンに話しかけた。

「俺はいつもの、こいつには何かあまりきつくないのを適当に作ってあげてよ」

「かしこまりました」

相変わらず物腰が落ち着いている。

「こういう店もいいだろ」

「はい……俺、初めて来ました」

「仕事が終わると、ここへ来て、一杯だけ飲んで帰るのが俺の一日の締めなんだ」

「へぇ、何かかっこいいっすね」

「かっこなんてどうでもいいけど、俺にはこういう時間が必要なんだよ。ここで、一人でいろんなことを考えるんだ」

「へぇ、そうなんすね」

裕樹は薄暗い店内をキョロキョロ見回していた。

そのうち、目の前にコースターが用意され、それぞれの目の前にお酒が置かれた。

「今日は、新鮮な桃が届いたので、桃をベースにしたカクテルを作ってみました」

そう言って、裕樹の前にはOLが好んで飲みそうなオシャレな飲み物が置かれた。中井はどうやらバーボンをロックで頼んだらしい。いかにも大人の男といった雰囲気だ。

「いただきます」

裕樹はそう言うと、中井とグラスを合わせた。

「見えないものを見る方法って知ってるか？」

「はい？」

中井が唐突に言った。裕樹は何を聞かれているのかもわからず、どう答えていいのかもわからなかった。

「目には見えないけど存在するものってあるだろ。形はなくても存在するものであれば、それを見る方法はあるということだ。今、俺たちの周りを飛んでいる電波だって、見えないけど、ほら」

中井は携帯電話を見せた。

「アンテナ三本立ってるってことは、ここには電波が入っているってことだってわかる。ここにラジオを持ってきても、ここまで電波があることがわかる。そういうことだ」

「はい……」

そういうことだと言われても、どういうことか一向にわからないまま、裕樹は目の前のカクテルを口に運んだ。

「お前、自分の心って見たことあるか？」

「えっ、自分の心……ですか？」

裕樹はちょっと考えてから答えた。

「ないです」

「じゃあ、それってどこにある。ここか？」

中井は裕樹の頭を指さした。

「それとも、ここか？」

今度はその指を裕樹の胸に当てた。

「そうじゃなければ、ここか」

最後に中井の指は裕樹のへその下あたりを指さした。

裕樹は言われて初めて、心のありかを考えてみた。実はこれまでの人生で心がどこにあるのかなんて真剣に考えたことすらなかった。何となく胸のあたりにあるような気がしているのは「心臓」という漢字のせいだろう。「心」という漢字が使われているが、実際にそこに心があるとも思えない。だからといって頭に心があるというのもピンと来ないし、へその下あたりについては、中井がどうしてそんなところを指さすのかすら、よくわからなかった。

真剣に考えている様子の裕樹を見て中井は、笑みを浮かべた。

「どこにもなさそうだろ、心って『もの』は。でも、目には見えないけど心はある。お前の心も目には見えないけどある。でだ、その目には見えない心が何を考えているのかは、どうやったらわかる？」

「それは……その人が話す言葉ですかね」

「なるほど、でも言葉はウソをつく。心がそのまま言葉になるとは限らない。すべての人が、あらゆる瞬間本音を言いながら生きているか？　どちらかというとその逆じゃないか。みんな本当に言いたいことは隠して生きてる。違うか？」

「たしかに、そうかも知れません。じゃあ、表情……ですか」

「まあ、表情からも心はわかるかも知れないが、表情だってウソをつける。愛想笑いだってするだろう」

裕樹は他に何も浮かばなくなってしまった。実際に、言葉も表情も心で考えていることとは違うものを外に出して、人に接することはできる。それが相手にバレているかどうかはわからないが、それらを参考に、目に見えない心を読み取るのは難しいとは思う。第一、自分の本心が何かすら、本当は自分でもよくわかっていないのだ。

「ウソをつけないものってあるんですか？」

「あるさ」

「何ですか？」

「人は、行動を見れば心で何を考えているかわかる」

「行動……ですか」

「ああ、行動は心そのものだ。口で偉そうなことは誰でも言えるが、それをどこまで本気で言ってるのかは、そいつの行動を見ればわかる。逆に何も言わなくても、そいつがやっていることを見れば、何を考えて生きているのかはっきりわかる」

「でも……行動だってウソをつくことができるんじゃないですか？　本当はやりたくないのに、無理矢理やらされていたり、いい人だと思われたい偽善者でしかなかったり……」

「たしかにな、でも行動はずっとウソをつき続けることはできないだろ。無理矢理やらされていることなら、すぐ手を抜くし、いろんな言い訳をしてやめようとする」

裕樹はドキッとした。どうやら今の自分のことを言われているのだと、初めて気が付いた。

「いい人だと思われたい、偽善的行動だって、やらない奴《やつ》よりも何百倍もましなんだよ。ちょっとしたゴミ拾いだって、どうやったら街がきれいになるかを、研究して話し続けている偉そうな奴より、実際に一つのゴミを拾っている奴の方が何百倍も偉いよ。0と1には大きな違いがある。それに、やっているうちに本気になることだってあるからな」

「はい……」

裕樹は自分の話をされているんだと気づいたとたん、トーンが下がった。

「宮本。お前が何を考えているのか、それはお前の言葉ではわからない。でも、お前がこれから何をするかでわかる。残念だけど、俺はそれを見ることはできない。きっともう会うこともないだろうからな。だが、お前はそれを見ることができるよな。それを見て、自分が何を考えているのか、自分の心はどうなっているのかをよく見るんだぞ」

「……」

裕樹は無言でカクテルを見つめていた。

中井の言った「きっともう会うこともないだろうからな」という言葉が、裕樹に現実的な重みを感じさせるほどの衝撃を与えて、妙にさみしくなった。

「そうしないと、お前、自分の言葉に自分が騙《だま》されて、かっこ悪い奴になってることすら気づかない男になるぞ」

「自分の言葉に自分が騙される……ですか？」

「ああ、お前がバイトをやめるのはいいだろう。でも、お前が考えた、バイトをやめなければならない理由は、きっと全部後付けだ。『こんなに理由があるんだし、やめるのは仕方ないよな』と自分を納得させるために、やめたいと思ってからあとで考え出した理由でしかない。本当はそれはお前が一番よくわかっているはずだ。でも、だんだんそれにお前自身が騙されていく。『本当に、それが理由なのに……』ってまわりの人がそれを信じてくれないのが悪いと責任を転嫁していくようになる。そんなかっこ悪い男になるなよ。

人間は、やりたいことがあると、それをやった方がいい理由を一〇〇でも二〇〇でも簡単に思いつく。逆にやめたいことがあると、それをやめた方がいい理由も一〇〇でも二〇〇でも思いつく」

「でも……俺……」

「宮本、何も言わなくていい。ただ、うちの店をやめたあとに、お前がどう行動するかでお前の心がわかる。お前も初めてそこで、自分の心を知ることになる。そのことを忘れるな。いいか、大切なのは、自分の行動から自分の本心を読みとることだ」

中井はそう言うと、グラスのバーボンを一気に飲み干して、カウンターに二〇〇〇円を置いて立ち上がった。

「帰るぞ」

「えっ、もうですか」

「ああ、いつも一杯飲んだら終電で帰るって決めてるからな。お前も急がないと電車なくなるだろ」

「あっ、はい。あの、ごちそうさまです」

「いいよ。元気でな。かっこいい男になれよ」

そう言うと、中井は店の入口に向かった。裕樹は慌てて中井のあとを追った。

「店長。あの……ありがとうございました。また、この店に来てもいいですか？」

中井は首だけふり返ると、笑顔で言った。

「もう、来んなよ」


裕樹は人混みの流れに身を任せるように駅に吸い込まれ、最終電車に乗り込んだ。

終電にもかかわらず、いや、終電だからか、動くこともできないほど人がたくさんいる。

裕樹はこの時間帯の電車が苦手だ。

一日の疲れがにじみ出たようなにおいがする車内にいるだけで、自分が何かちっぽけな存在のように思えてしまう。

裕樹は中井の言葉を頭の中でくり返していた。

「かっこいい男になれよ」

「自分の言葉に、自分が騙されるな」

「行動で心がわかる」

そこに富永の言葉と、張の言葉が入り込んできた。

「もう、逃げるなよ」

「大事にするから、好きになる」

逃げてきたという言い方をするならば、自分の人生そのものがいつも何かから逃げるような方向にばかり進んできた生き方だった気がしてくる。

「そう、いつからか俺は逃げるようになった……」

車窓に映る自分の顔をぼんやりと見ながら、裕樹はそれまでのことを思い出していた。

富永の声がまた頭の中で響く。

「もう、逃げるなよ」

「もう、逃げたくない」

裕樹は泣き出したい気分になった。

「いつから、俺はこんなかっこ悪い男になった。偉そうに、やりたくないことに対して理屈をつけて言い訳をするが、結局は逃げているだけじゃないか……こんな自分になりたかったわけじゃない」

それでも、自分がどこに向かっていけばいいのか、裕樹はすでに見失っていた。逃げない生き方をしたいと思ってはみても、逃げる対象すらないほど、あらゆるものから逃げてきた。裕樹には目標も夢もなかった。

「自分の居場所を大切にしている人は、信頼されるね」

張の言葉が響いた。

裕樹は国分寺駅で他の乗客と一緒に、はき出されるようにして電車を降りた。

この街に暮らして二年が経つ。

それでもどことなく好きになれないでいた。

佐賀の田舎が嫌いで、一日も早く都会に出たいと思っていた。高校を卒業すると、すぐにこの街で暮らし始めた。裕樹が描いていた東京とは違っていて、街の雰囲気が好きになれなかった。東京らしい場所を求めて新宿でバイトを始めたが、そこも裕樹にとって居心地のいい街ではなかった。大学も、バイト先も、東京も、佐賀も……どこもかしこも、自分が大好きだと声を大にして言える場所なんて一つもない。

改札を出ると、足どり重く地下の駐輪場に向かった。

もう日付も変わっている。この時間になると停《と》まっている自転車の方が少ない。同じ電車に乗っていたであろう人が、何人か自転車を出そうとしている他は、人影もまばらである。

裕樹の自転車も周りに何もなくなりぽつんと一台だけ残されていた。

ポケットから自転車の鍵を取り出した。

自転車のそばにはハンバーガーの包み紙が無造作に捨てられていた。

「拾ってみようか……」

裕樹の中に湧いたことのない気持ちがふと湧いてきた。

同時に葛藤があった。

「まて、自分が捨てたわけじゃないのに、そこまでする必要あるか？　そもそも、拾ってどこに捨てる？」

裕樹は周囲を見渡してみた。

ゴミ箱らしきものはない。さっと拾ってすぐに処理できる雰囲気ではない。

「大切にしたら、好きになる」

張の顔が浮かんだ。

大切にするって裕樹には何かわからなかった。

「でも、この街を大切にするって、こういうことしか思い浮かばない」

屈《かが》めばすぐに手が届くゴミを一つ拾うのにも、相当な勇気と覚悟がいるということを裕樹は思い知った。

「偽善的行動だって、やらない奴よりも何百倍もましなんだよ」

中井の言葉が、頭をかすめた。

裕樹は自転車の鍵を外し押し始めた。

が、なぜだか、そのゴミは自分が拾わなければならないもののような気になった。

裕樹は自転車を後進させ、元の場所に戻ってきた。

そして、丸められたハンバーガーの包み紙を拾うと、自分の自転車のかごに放り込んだ。

「どうせ、帰りにコンビニに寄ろうと思っていたんだ。そこで捨てればいい」

裕樹は、ちょっとした勇気を振り絞って行動できたことを少しだけ誇らしく思えた。

逃げてばかりのかっこ悪い自分ではない自分に、この瞬間だけなれた気がした。

「好きだから大切にするのではなく、大切にするから、好きになる……か」

自転車を漕《こ》いでいる裕樹には、まだ張が断言したことに共感できるほどの実感はなかった。

それでも、気分は悪くない。

裕樹は、自分の好きな場所を一つくらいは作りたいと心から思った。このままだと、どこへ行っても自分が心から好きだと思える場所には巡り会えそうにない。

それもそのはずで、張の言うことが正しければ、自分が大切にしたものしか、好きになることができないのであれば、裕樹が自分から大切にしない限り、そんな場所に出会えるはずもないのだから。中井の、

「大切なのは行動することだ」

という言葉が裕樹の決意を後押ししている。

「まずは、大学の周りの掃除でもやってみるか」

真夜中に自転車を漕ぎながらそんなことが頭をよぎった。

「嫌なこと、思いついいちゃったなぁ」

誰かから強制されたわけでもなければ、それによって得するわけでもない。ただ、自分が大切にしたら、大好きになれるのかも知れない。それだけのためにやるには、ちょっとしんどいことではある。

裕樹はやはり葛藤した。

そうこうしているうちに、家に一番近い行きつけのコンビニに着いた。

自転車を停めると、かごに入れたハンバーガーの包み紙をコンビニ前のゴミ箱に入れた。

終えてみるとたいしたことではない。ただ、すこぶる気分がいいのはたしかだ。

「どうせなら、大学が好きになるまでやってみるか」

この時点では、裕樹はまだ半信半疑ではあった。

それでも、やると決めたことから逃げるのは、もう嫌だという思いだけは、それまでの人生の中で一番強くなっていた。

「どうぞ」

"have a seat"

エスカレーターを上がるとすぐに改札になっていた。

張浩《ちょうこう》は切符売り場の路線案内板とメモを交互に見ながら、友人の家がある「大和《やまと》」という駅を探した。

自動券売機で切符を買うと、自動改札を抜けてホームに向かう。

相鉄本線横浜駅は終着駅で、三つあるホームはどれも線路が横浜駅で終わっている。友人からは「急行」に乗れという指示を受けている。電光掲示板を見て2番線にこれから入ってくる電車がそれだということがわかった。

すでに2番線のホームには、たくさんの人が列をなして電車が入ってくるのを待っていた。

浩が改札を抜けるとほぼ同時に、ホームに電車が入ってくるのが見えた。

到着した電車は、まず人が並んでいるのとは反対側の降車ホームの扉が開いて、中の乗客たちが一斉に降りた。しばらく待って車内に人がいなくなると、反対側の扉が開いた。

二列に並んでいた乗客たちは、列をなしたまま電車の中になだれ込んでいった。

その流れに身をまかせるようにして車内にとび込んだ浩は、空いている座席を一つだけ見つけた。同じように、席を探している雰囲気の人があと二、三人いるようだったが、浩がそこに腰をすべり込ませるのが、わずかに早かった。座るべき場所をなくした他の乗客はすぐさま別の空きを探すべくあたりを見回したが、それがないとわかると、二人はドア横のもたれかかることができるスペースに収まり、もう一人は、隣のホームにできている次の電車を待つ列の後ろに並ぶべく車外に出ていった。

「ラッキー。座れた！」

浩は一息ついた。

そうこうしている間にも、乗客はどんどん電車の中に入ってくる。あっという間に立っている人たちも肩と肩が触れ合うほどの満員状態になった。

それでも、どこからも言い争う声や怒号などは聞こえてこない。静かな国だと思う。誰かが入ってくると、少しずつずれたり、位置を変えたりしながら、みんな無言で携帯をいじったり、本を読んだりしている。

浩はうつむいた。あらためてここは「日本」なんだということを肌で感じる。

自分の国ならこうはならないだろう。

座席のことで揉《も》める声があちこちから聞こえ、友人同士や、カップルで乗っている者たちの会話があちこちで響いているに違いないのだ。

浩に日本への留学をすすめたのは父親だった。

たしかに日本語よりも英語を話せるようになる方が、将来的にはビジネスチャンスはあ

るのかも知れない。それでも、

「日本にしかないものがある。それを見てくることはお前にとって意味がある」

と言って、強くすすめられた。

浩の父親もかつて、日本に出稼ぎに来ていたことも大きな理由ではあっただろう。もちろん、浩の場合も留学というよりは出稼ぎといった方が正しいのかも知れない。日本にやってきている中国人はたくさんいる。実際に浩も日本に来て驚いた。新宿、渋谷、横浜など、主要な街には中国人がたくさんいる。どこに行っても彼らの会話の声が浩の耳に入ってきた。とはいえ、彼らは浩とは違う階級である。ここ最近の経済成長で富を得た者たち、そしてその家族だ。浩のように、貧しい農村から、家族を助けるために出稼ぎにやってきたのとはわけが違う。

父も家族のために出稼ぎに来た。昔も今も暮らしは大変である。その大変なときに、いつも「日本」という国が張の家族には深い関わりを持ってきた。それは、祖父の代までさかのぼる。

祖父の時代、社会不安は深刻で、凶作による餓死者や疫病によって村そのものが消えてしまうことすら頻発したらしい。その被害は祖父の村もおそい、祖父も凶作による栄養失調で両親を亡くしてしまった。土地を追われ、行くあてを求めて選んだ場所が「満州」だっ

「どうぞ」
“have a seat”

た。

満州は社会が安定している、餓死する者がいない、満州だけは疫病が流行《はや》らないともっぱらの噂で、数年前から流民者が絶えないというのは聞いていた。

両親を亡くし、幼い妹を連れて入った満州は、たしかにそれまで祖父が住んでいた村とは大きく違っていた。近代的な建物が建ち並び、街の雰囲気が中国ではなくなっていた。それもそのはず、移住してくるのは中国人ばかりではなく、日本人もたくさんいたし、実際にその街並みを造っているのは日本人だった。

そのことを嫌う中国人もたくさんいたが、浩の祖父は気にしていなかった。街が美しくなり、何より疫病がなく、餓死がなくなるのであれば、何人《なにじん》だろうと関係ない。それに、仕事がなかった祖父は日本人の使用人として雇われることになったが、その家の人たちは本当に祖父によくしてくれたらしい。その家には、祖父と同い年くらいの少年がいて、よく一緒に遊んだ。その頃が、実は祖父にとっては人生で一番楽しかった時代だったようだ。

戦局が激しさを増し、終戦を迎え、祖父が仕えていた日本人一家は、ある日突然、家も何もかも没収されて、ソ連兵の監視の下、倉庫で集団生活を強いられるようになった。別れは突然にやってきたという。ただ、その家の主人は祖父を呼びつけ、

「今まで世話になった。申し訳ないがもう雇うことはできない。これを持っていきなさい」

そう言って、お金を握らせてくれた。もちろんたいした額ではなかったが、それが彼らにできる精一杯のことだということは痛いほどわかったという。

その後の満州は、疫病が流行りだし、社会不安に陥った。それらすべてを日本人たちのせいにする者が多くいたが、浩の祖父は、疫病が流行りだしたのは、むしろ自分たちの責任ではないかと思うようになっていた。日本人の使用人として働いて初めて、彼らの日々の生活の中にある、異常なまでのきれい好きと、それを日常化するだけの自らを律する強い心を感じ取っていたからだ。

毎日板張りの廊下を水拭きし、土間を掃き、神棚のホコリをはらう。そして、毎日洗濯をし、毎日風呂に入るという彼らの習慣を共に続けていると、初めは仕事だからと、嫌々やっていたものが、そのうち、そうでなければ気持ちが悪いという彼らの気持ちがわかるようになってきて、彼らがいなくなったあとの満州の街の荒れ具合を見ると、イライラするようにまでなっていた。声に出しては言えないが、自分も日本人らしくなれたことに誇りすら感じていたのだという。

浩の父は、その話を子どもの頃から聞かされて育った。そして、出稼ぎをすると決まったとき、日本に行くことを祖父から強くすすめられたのだという。結果的にそれは浩の父にとって素晴らしい経験になった。ちなみに「浩」という名は、祖父の仕えていた日本人、山本浩一《やまもとこういち》氏から一字を取って祖父によって名づけられた。

それほど、浩の一家は日本と関わりが深い。もちろんそのことを公にしながら生きていくことは、今の中国では難しいことではあるが、張家では昔からどこか日本という国を理想郷のように思い、憧れていたのである。その憧れの地にようやく浩はやってきたのだ。


ホームにベルが鳴り響き、浩は我に返った。

電車の扉が閉まった瞬間だった。

浩の隣の高校生らしき若者が立ち上がった。

浩はその若者の動きにつられて顔を上げると、自分の正面に、いかにも立ったままではしんどそうな老人が手をめいっぱい伸ばして吊革にようやくつかまっているという感じで立っているのに気が付いた。

「どうぞ」

若者は、その老人に笑顔で話しかけた。

自分の席を譲ろうとしている。

老人は一瞬驚いたような表情をしたが、笑顔になり、丁寧にお辞儀をして礼を言うと、浩の隣に座った。

その若者は、おそらく座るために、列をなしてこの電車を待っていたに違いない。自分が座ろうとしたときすでに、その若者が座っていたのは間違いないのだ。

浩は並んでまで得た座席を、ためらうことなく目の前の老人に譲るという行動に驚いた。その若者は、浩の目の前に立ち、吊革につかまりながら外の景色を眺めている。席を譲ったことによって、身動き一つとれないほど窮屈な不自由さを味わうことになったにもかかわらずその若者は、涼しい顔をしている。苦痛であるどころか、表情には微笑《ほほえ》みすら浮かんでいるように見えた。

「見たか？　この高校生が立った瞬間に俺が座ればよかった」

「ああ」

立っている二人の若者の会話が浩の耳に入った。

比較的大きな声だったにもかかわらず他の乗客がその二人の若者の会話を気にするそぶりも見せなかったのは、その言葉がわからなかったからであろう。話している二人も、どうせ中国語はわからないだろうとふんで、声を落とさず話している。浩はその二人の方を見た。

浩は何だか嫌な気分になった。同時に、人に負けまいと、あわてて席に座った自分が恥ずかしくなった。

「どうぞ」
“have a seat”

隣の若者が、老人に席を譲るために立ち上がったとき、浩は、思いがけずその行為に感動した。何だか、美しいものを見た気がした。自分が大変な思いをしてでも、もっと大変そうな人に席を譲るという行為を理想論としてだけでなく、実際に行動に移す若い人が目の前にいる。そのことは浩の育った環境では珍しいことだった。そんな素晴らしい行動をとる若者がいる一方で、スキあらば、自分の利益を優先させようと思っている自己中心的な者もいる。自分が後者の一員だということに気づかされ、浩は思わず肩をすぼめた。

小さい頃から身についた習性というのは恐ろしい。

座りたければ、我先にと駆け込んで席を取ればいい。遠慮なんてしていたら、結局バカを見るのは自分だという、自分が育った環境の中で染みついた習慣がつい出てしまった。

浩が視線を上げると、浩の目の前にも白髪の女性が立っていた。見た感じ、隣で席を譲ってもらった女性よりは、まだ少しだけ若く、元気そうではあったが、自分も譲った方がいいのでは……という考えが浩の頭を一瞬よぎった。

でもその瞬間に立ち上がる勇気を浩は持っていなかった。

「第一、それを日本語で相手に上手に伝えることなど自分にはできない……」

と時間が経つほどに、その席を離れる必要はないという理屈を頭の中で並べている自分がいた。

それでも、心の中には、ちょっとした気まずさが居座り続けていた。

「こんな気まずい思いをするなら、最初から座らなければよかった……」

浩は座ったまま腕組みをして目を閉じた。

眠ったふりをするほかなかった。

が、当然眠れるはずもない。

浩は日本に来てから今日までの五日間のことを思い出してみた。

「父さんの言うとおり、日本という国はすごい国だ。そのことが嫌というほどわかった。中国では、いや、中国に限らないだろう、日本以外のどこの国も、この国と同じことなどはできないだろう。国民一人ひとりの常識が、どの国にも真似のできない、この国の大きな財産となっている。そして、日本人はそのことにまったく気づいていない。それが当たり前だと思っている」

浩が最初に降り立ったのは成田空港。

到着と同時に、日本人の持つ落ち着いた、柔らかい雰囲気に心が温かくなったのを覚えている。

インフォメーションで、電車の乗り方を尋ねたときも、こちらがビックリするほど丁寧に、しかも笑顔で教えてくれた。その後、空港で食事をしてから移動しようと思い、レス

「どうぞ」
“have a seat”

トランに入った。
「いらっしゃいませ、ご注文がお決まりになりましたら、そちらのボタンを押してくださ
い」
最初に水を持ってきてくれた女性の、清潔感とまぶしいほどの笑顔に浩は驚き、声を発
することができなかった。
「あ……シェシェ……」
かろうじて浩が言うと、ウェイトレスは、浩が日本人じゃないとわかったからか身振り
でメニューが決まったら、そのボタンを押して……ということを再度示してくれた。
あまりの幸せそうな笑顔に、その子が個人的にいいことでもあったんじゃないかと浩は
思ったが、どうやら、このレストランで働くすべての人がそんな感じだった。どのウェイ
トレスがテーブルにやってきても、近づいてくるときは満面の笑顔だった。
浩が店に入ったのはちょうど昼食時の忙しい時間帯だったが、誰も不機嫌に水を置いて
いったり、持っていったお盆を放り投げたりしている人はいない。忙しくなっても、嬉《うれ》し
そうに働く集団を見て、このレストランで働くことがどうしてそれほど嬉しいことなのか
知りたくなった。チップ目当てかとも思ったが、日本でチップを払う必要はないと聞いて
いる。

初めての来店なのに、自分のことを上客のように扱ってくれる、そんな店の対応にちょっとした照れくささを感じながら、お金を払い、浩はその店をあとにした。

店の建ち並ぶモールを歩きながら、店の中の様子を観察すると、先ほどのレストランだけでなく、洋服を売っている店から、土産物店まですべての店で店員が、丁寧で、愛想がいい。一見《いちげん》の客にそこまで愛想がいいとなると、考えられることといえば、偽物を高く売りつけようとしていることぐらいだが、日本では店を構えて商売をしている店で、偽物を扱うようなところはないし、値切りをする必要はないと、聞いている。値切りをする必要がないというのは、相手によって、値段を変えようとしたり、できる限りたくさんふんだくったりしようという意思はないということになる。

現にこちらのことを騙《だま》そうという雰囲気は感じられない。

どの顔も働くことそのものを楽しんでいるようにしか見えなかった。浩は、生まれてこれまで、出会ったことのないほど愛想のよい店員を、日本に来て数時間も経たないうちに、何人も目撃することになった。

「なんだ、この国は！」

改札を抜けてホームを見ると白と赤のピカピカの列車が到着したばかりだった。インフォメーションで教えてもらった成田エクスプレスだった。

ホームに到着した電車から、スーツケースを抱えた乗客たちが続々と降りてきた。折り返し運転をするために、一度扉が閉められて、中で清掃作業をしている人がいる。ほんの数分でそれを終えると、浩は中に入って驚いた。

車内にゴミ一つ落ちていない。それだけでなく、本当に新車同様にきれいに清掃されている。

ほんの数分でこの状態ができるというのは、掃除の能力が優れているわけではない。使っている人が誰も汚さないのだ。床にゴミを投げ捨てたり、つばを吐いたりする人がいないということなのだ。それをすべての乗客が守っているから、ほんの数分の清掃時間で運行することができる。清掃員も少ない人数ですむ。

日本人の常識の高さが、人件費を抑え、運行本数を増やして売り上げを上げる土台になっている。そして、この国に住む誰にとってもそれが当たり前なので、自分たちの常識が、日本経済の土台を作っているなんてことに誰一人として気づいていない。それこそが、この国の底力なのかも知れない。

他国で同じことをしようとすると、電車の汚れ方はひどいものだろう。それを掃除するためには、かなりの時間を要する。数分でなんて無理だ。同時にたくさんの人を雇う必要がある。それでも仕事を楽しそうにする集団にはならないだろうから、その人たちがしっかり働いているか監視する役割の人も雇う必要が出てくるかも知れない。その人件費のあおりは、もちろん利用者が負担することになるだろう。結果として電車賃を高く設定するしかなくなる。それでもできないから、汚れたままの電車を動かし続けることになるのだろう。

とにかく、目にするものすべてに感心することしきりだった。

どうして日本では、こんなことができるのかと不思議に思うようなことはすべて、日本人が当たり前だと思っている常識のレベルの高さによって成し遂げられているように感じた。

空港から横浜に向かった浩は、従兄弟《いとこ》のアパートに泊まらせてもらうことにしていた。今でもその従兄弟のアパートに住んでいる。

横浜の中華街にあるという従兄弟が働いている店を探した。

店に入ると受付の女性に来意を告げた。

受付の女性は、はっきりそれとわかるため息をついて、

「そこで待ってて」

と言うと、歩くのも面倒くさそうに奥へと入っていった。

「どうぞ」
"have a seat"

やがて奥から、調理服を着た従兄弟が出てきた。

「よく来たな。やっぱり、こういう雰囲気が落ち着くだろう」

彼は、満面の笑みで浩を迎えてくれた。

「やっと着いたよ。しばらく世話になるけどよろしく」

「なぁに、遠慮するな。こっちへ来いよ。何か食わしてやる。腹が減ったろ？」

「いや……さっき食べてきたから」

「遠慮するなって。まだ忙しくない時間だから」

半ば強引に店の席に座らされてしまった。時計は午後五時を回ったところだった。

「こいつ、俺の従兄弟だ。何か食わせてやるから、伝票は俺に回してくれ」

調理場のカウンター前に並んだウェイトレスにそう言うと、浩の従兄弟は奥に入っていった。

やがて一人のウェイトレスが、メニューと水を持って浩のもとへやってきた。

無造作にそれらをテーブルの上に置いて、特に何を言うわけでもなく戻っていった。浩はメニューを見てオーダーを決めると、声を上げた。

「注文いい？」

ウェイトレス同士で会話をしていた三人のうち、一人がテーブルに近寄ってきた。

「これを……」

「ライスは？」

「いらない」

「飲み物は？」

「いらない」

それだけ確認すると、伝票に浩が注文した物を書き込みながら、厨房《ちゅうぼう》へと向かっていった。特に違和感を覚えたわけではない。自分が自分の生まれた場所で受けるのと同じサービスがそこにあるだけだった。つられて自分も、いつものように注文していた。でも、ここに来る前に浩が経験したレストランとは明らかに、仕事観が違っていた。

食事の途中、浩は水をくれと二回頼んだ。他に客がいるわけでもなく、忙しいわけでもない店内で、三人のウェイトレスが並んで話をしているだけだったが、浩が水をくれと頼むたびに、その話を中断して一人が水を入れに来なければならなくなる。そのことが億劫《おっくう》でならないという雰囲気が、歩き方一つを見ても伝わってきた。

食事が終わると、従兄弟がもう一度、厨房から出てきた。

浩は礼を言った。

「それより、浩。お前、仕事の当てはあるのか？　何なら俺が紹介してやるぞ。この店でもいいし、それが嫌なら、別の店に口をきいてやってもいい」

「ああ、ありがとう。でも、自分で探してみようと思う」

「自分でって、外で探すのか？　それは難しいぞ。第一お前、日本語しゃべれないだろ。面接すら受けられないじゃないか」

「そうなんだけど、でも、せっかく日本に来たから、日本のお店で働いてみたいんだ」

浩の従兄弟は肩をすくめた。

「そうかい、まあ、好きにしな」

浩は、その店で働くウェイトレスの愛想のなさ、仕事を義務としてただこなしているだけの様子を見て、ここの一員として働くために、わざわざ日本に来たわけではないという思いが強くなった。もし、ここに来る前に、空港のレストランで食事をしなければ、そのことに違和感を覚えないまま、従兄弟の誘いを受けていたかも知れない。でも、日本の店の雰囲気を知ってしまったあとでは、あんな雰囲気の中で仕事をしてみたい。その思いが自分の心の中にあることだけは、自分でもはっきりわかった。浩は、アルバイト先を中華街の外に求めた。日本人の仕事の仕方を、間近で見てみたい。そう思った。

もちろん、難しいのはわかっていた。日本語ができない中国人を普通のお店が雇ってくれるのかという不安は的中し続ける結果となり、今日までまだアルバイト先を決めることができていなかった。その紹介をしてくれるという友人に会うために、今、大和に向かっているのだ。職場は、そこから小田急線で一本の新宿にあるらしい。

電車が減速したことを感じて、浩は目を開けた。

最初の停車駅まで、だいぶ時間がかかったように思えた。最初に停《と》まった二保川《ふたまたがわ》の駅で降りる乗客も多く、車内は幾分隙間ができた。とはいえ、言葉で表現するなら「満員電車」という状態に変わりはない。

目の前に立った高校生は、相変わらず涼しげな笑顔を浮かべて外の景色を見ていた。

相鉄本線の急行は二俣川から各駅に停車する。

次の希望《きぼう》ヶ丘《がおか》でもたくさんの乗客が降りた。浩の目の前にいた白髪の女性もそこで電車を降りた。浩はようやく肩の荷がおりた気になれた。三《み》ツ境《きょう》駅のホームに入るため減速し始めたとき、浩の隣の、若者に席を譲ってもらった老人が立ち上がった。

浩には何を言っているのかわからなかったが、自分に席を譲ってくれた若者に対して、あらためてお礼を言っているようだった。

高校生の身振りからは、

「全然いいんです。気にしないでください」

「どうぞ」
"have a seat"

といった内容が感じ取れる。

老人を降ろした電車がホームから離れて動き出した。

驚いたことに立っている乗客が結構いるにもかかわらず、浩の隣の席は空いたままだった。

周りの乗客は横浜駅でその高校生と先ほどの老人のやりとりを見ていた人ばかりだったからか、会話こそなかったが、そこに座る権利があるのはこの若者だと主張するかのように、その座席から背を向けた。当の高校生はというと、相変わらず外を見たままで座ろうとしない。

たまりかねて一人のサラリーマン風の男性が、高校生に話しかけている。

きっと、

「君の席だ、君が座れよ」

ということを告げたのだろう。

ところが、その若者は、相変わらず笑ってそれを拒否して、その人に言い直した。

「どうぞ」

浩が日本に来て最初に覚えた日本語がこの言葉になった。

結局、車内には立っている人がたくさんいるにもかかわらず、誰も座らないままに次の瀬谷《せや》に到着した。

日本の、特に首都圏では電車が移動の一番の手段なのだろう。

時刻も驚くほど正確に動いているし、乗り降りする人も毎日利用しているようだ。自然と乗客は、電車のどの車両の、何番目の扉に乗れば、到着した駅のホームの出口に近いかをよく知っている。

浩が乗った車両は瀬谷駅でエスカレーターと階段が目の前にある位置に停まった。

先ほどの高校生だけでなく、話しかけたサラリーマン風の男性、そしてその席を避けるように背を向けたほとんどの人が、車両から降りた。

なるほど、席は空いたが、みんなあと一駅しか乗っていないから座らなかったのだろう。

君が譲った席だからと言われた若者も、すすめられたサラリーマン風の男性も、みんな、

「次降りますから、大丈夫です」

と言って断っていたようだ。

たくさんの人が降りたことで、車内には立っている人もまばらになった。視界も開けて、少し離れたところからOL風の若い女性が浩の席の隣が空いていることに気づき、歩いてきて座った。

いくつかの座席がまだ空いていた。

降りる人の波が一段落すると、時間帯的に下校時間にあたるのだろうか、制服を着た男女の集団がドッとなだれ込んできた。我先にと空いている座席を見つけて座っては、そこかしこで、友人同士話を始めた。

その後ろから、一人だけ遅れてゆっくり入ってきた老女がいた。

最初キョロキョロして空いている席を探していたが、残念ながらもう席は空いていない。我先にと席に座った高校生たちも、その姿を見ないようにしているようだ。諦めたように優先席の方に向かって浩の前を通り過ぎようとした。

浩は思わず立ち上がった。

「どうぞ」

覚えたばかりの日本語は、発音に自信がなく、きっと聞き取れないほど小さかっただろう。でも身振りで浩が席を譲ろうとしていることは相手に伝わった。

最初驚いたような顔をした老女は、すぐに笑顔に変わった。

深々とお辞儀をすると、

「ありがとう」

と笑みをたたえながら座ったかと思うと、浩に何か話しかけた。

残念ながら、浩には何を言っているのかわからない。

「どうせ、次で降りるんです」

そうやって説明しようとするも、どう表現していいかわからない。浩はただニコニコしているほかなかった。

「いやぁ、優しい若い方がいたので助かりました」

老婆の声に周囲も微笑んだ。

浩はその場で吊革につかまると、ずっと話しかけられそうだったので、扉の近くまで移動した。さっき乗ってきたばかりの高校生たちが、心なしか自分の方をチラチラ見ているような気がした。

恥ずかしさはもちろんあったが、心は晴れやかだった。

電車の窓から見える景色を、先ほどの若者と同じように涼しげな顔で眺めている浩を、少し離れたところから見上げて、老女は何度もお辞儀をしてくれた。

浩も会釈を返した。

「父さん、祖父《じい》ちゃん、俺も日本に来たよ」

浩は心の中でそうつぶやいた。

「どうぞ」
"have a seat"

恋の力

power of love

安田純平《やすだじゅんぺい》はここのところずっと、クラスメイトの河原結佳《かわはらゆか》のことばかり考えていた。

自分でも止めようもない思いが、あふれてきて抑えが利かなくなる。

高二になって同じクラスになった河原結佳は初めて見たときから、純平には他の子たちとは違って見えていた。

一人だけ光っているというか、まぶしいというか。

まともに目を合わせて話をすることすらできない。女子と話をすることがそれほど苦手ではない純平にとっては珍しいことだった。

「一目惚れ《ひとめぼ》」

という言葉が一番よく当てはまるだろう。

自分でもどうしてかわからない。他の子なら何とも思わないのに、結佳がちょっと話をしたり、周りの友達と笑顔で会話をしたりするたびに、胸が苦しくなってくる。気づくとできるだけ自然な感じで教室を見回すふりをするのだが、そんなときは決まって純平は結佳のことを視界に入れようとしている。

だからといって、自分から話しかけたりはしない。

自分には高嶺《たかね》の花というか、手が届かない女の子のように思って、ただ眺めているだけで幸せだった。

連休明けに最初の席替えがあり、思いがけず純平は結佳と隣の席になった。しかも教室の一番後ろの席で。

純平は勝手に運命らしきものを感じた。これは運命だと自分に言い聞かせようとしたといった方がいいかも知れない。

それから、毎日話しかけるための話題を探し始めた。

最初は、何気ない会話がいいと思い、シャーペンをかちかちする演技をしたあとで、

「ごめん、シャーペンの芯もらえる？」

と言ってみた。

「いいよ」

と結佳は気さくに応じてくれた。

結佳からもらったその芯を使っているだけで、思わず笑みがこぼれてしまうほど嬉《うれ》しくなる。もちろん気持ち悪がられるに決まっているから、そんなことは誰にも言えない。

消しゴムを借りたり、ノートを見せてもらったり、口実を見つけては、一日一度は自分から話しかける。結佳はそのたびにとびきりの笑顔で、

「いいよ」

と言って、応じてくれた。

その瞬間が幸せだった。純平は学校に行くのが楽しくなった。

大袈裟《おおげさ》でなく、

「こんな毎日が一生続いたらなぁ」

と思っていた。

その願いが贅沢《ぜいたく》だとは思わなかった。一日一度、会話のチャンスがある。それだけでいい。それだけで純平は十分幸せなのだから。

そのうち、話題をあらかじめ準備しなくても、会えば話ができるようになった。

「人間は、欲深い」

純平はつくづくそう思う。

最初は、毎日遠くから眺めているだけで幸せだった。

それが、当たり前になると、一日一度会話ができるだけでいいと思った。

ところが、それが当たり前にできるようになると、今度はそれだけでは満足できなくなる。

「付き合いたい」

そう思い始めるまでに、時間はかからなかった。

そういう気持ちになったと自分で気づいてしまってからは、寝ても覚めても、どうしたら付き合えるか……ということばかりを考えている自分がいる。

「どうしたら」

なんて、本当はわかりきっている。告白をするしかないのだから。

ところが、それを止める自分もいる。

「もし、告白して振られたら……」

失敗したときは、今の幸せな毎日はあっけなく終わりを告げることになる。

告白をして失敗をしたら、今の幸せを生み出している、彼女と毎日、自然な会話を楽しむことなんて、できるはずがない。

結佳は、もし断るとしたら、

「付き合えないけど、今までどおり友達ということで……」

という断り方をするだろう。でも、お互い今までどおりになんて振る舞えるはずもない。

一日一度、自然に会話をすることさえできなくなるだろう。

それどころか、教室でさり気なく彼女のことを視界に入れることすらできなくなるだろう。

「それは嫌だ」

その思いが、前に進もうとする行動力のブレーキとなって、いつも堂々巡りをくり返すのだった。

そのときに思い出すのは、結佳の向こう側に座っている梶山《かじやま》の存在だ。

純平が結佳に話しかけるようになってから、結佳の向こうに座っている梶山もしきりに結佳に話しかけるようになった。

彼女は気づいていないかも知れないが、純平は同じ男として梶山の狙いは肌で感じる。

「あいつも、河原のことが好きだ」

それは、想像ではなく確信だ。だから、自分だけでなく梶山にも楽しそうに話をする結佳のことを見ると胸が締め付けられるように苦しくなり、いても立ってもいられなくなる。

「河原は僕のことが好きだろうか……」

好きかも知れないとも思える。でも梶山に対しての態度と自分に対しての態度に大きな違いを感じることもできない。

「もしかしたら、梶山のことが好きなのかも知れない」

そこをハッキリさせるのは勇気がいることだった。でも、ハッキリさせたい。

先に告白をして、振られたら、自分はもう普通に会話することはできないだろう。そうなると、梶山と結佳は今まで以上によく話をするようになり、純平は横でそれを見続けなければならないだろう。

「そんなことには耐えられない」

そう考えると、何も行動を起こさずに、今の幸せな毎日を大切にした方がいいような気もしてくる。でも、きっと梶山も結佳に告白したいと思っているはずだ。純平にはあまり興味のないジャンルの音楽の話で、梶山と結佳はいつも盛り上がっている。

あるとき、

「今度ライブ行こうよ!」

なんて梶山が誘う声を聞いた。

「私より、お姉ちゃんが熱狂的なファンでね、ライブに行くときに私と一緒だったらいいってお母さんに言われてるから、残念だけどライブは一緒には行けないかな」

って上手に断ったから、ホッとしたが。

とにかく、油断ならない。

梶山も、どうにかして結佳と付き合えないか考えているのは間違いない。

「告白しよう……でもな……」

と、どちらに傾くこともできない天秤《てんびん》のように、同じことばかりを考えている。

それでも、もう自分でも決断すべきときだと思っている。

これ以上考えても仕方がない。一〇〇%の確信が持てることなんてあり得ないのだ。

それに、結局どうするかは自分の中で決まっている。

「失敗すると嫌だから、やっぱり告白するのはやめておこう」

なんて結論は最初から用意されていない。

問題は、いつ、どうやって。


最後の一歩を踏み出す勇気を持てないままに、純平は数日間学校へ行った。

通学の電車の中でも、座ったまま心ここにあらずで、結佳のことばかりを考えている毎日が続いた。

その間も、結佳と会って話をすれば、幸せな気持ちになれる。

そんな思いは加速するばかりで、この関係をなくしたくないという思いも、一日も早く、友達ではなく、恋人同士になりたいという思いも同時に強くなっていった。

そんな純平の気持ちを知ってか知らずか、ある日、帰り支度を終えた結佳が純平の方を向いて、唐突に言った。

「安田くん、駅まで一緒に行かない？」

純平は突然の申し出に、思わず表情が緩んだが、できる限り平静を装って、とっさに返事をした。

「おっ……おお。いいよ」

純平と結佳は微妙な距離を保ちながら駅までの道を歩いた。

「安田くん、大学決めた？」

「ちゃんとは決めてないけど、できれば国立かな。河原は？」

「私もちゃんと決めてない。でも家から通える範囲だから、東京でもあまり乗り換えが多い遠い場所になるとダメかも」

「河原の家はどこだったっけ？」

「追浜《おっぱま》。安田くんは？」

「瀬谷《せや》。知ってる？」

「うん。聞いたことはあるけど、行ったことはないかな。どんな街なの？」

「別に何にもないところだよ」

「オシャレなお店とか、変わった店とかないの？」

「ああ、オシャレなカフェが一軒あるな。あと、変わった店といえば……変な看板出してる塾があるくらいかな」

「どんな看板なの？」

「それは……今度見にきなよ」

純平は我ながらいい誘いだと思った。結佳は微笑《ほほえ》むと、

「わかったわ、今度案内して」

と言った。純平は思わず笑みが漏れるほど嬉しかったが、何とか表情に出さないよう努めた。鼻がふくらんでいるのが自分でもわかる。すぐに駅の看板が見えてきた。

一人で歩くと、一五分は結構な時間だが、

「もう……」

と驚くほどあっけなく、駅に着いてしまった。

「安田くん、横浜方面だよね。私、逆方面だから。また明日ね」

結佳は意外にもあっさりと、ホームへの階段を駆け下りていってしまった。

「おっ……おお。またな」

純平はそれしか言えなかった。

その日、純平はその幸せなひとときを何度も思い出しながら、同時に結佳から誘ってきた意味を考え続けていた。

「自分から一緒に駅まで行こうと誘った割には、取り立てて話があるわけでもなかったようだし……ただ、心なしか落ち着きがなかったというか、周囲の様子をキョロキョロ見ていたような気もするけど……あれがいつもの河原なのかも知れないし」

幸せな時間と同時に、大きな宿題を与えられたような気がして、ずっとそのことばかりを考えていた。もちろん、学校から出ている本当の宿題など手につくはずもない。

次の日、純平は自分から結佳を誘ってみた。

「今日も、一緒に駅まで行く？」

結佳はいつもの笑顔を見せて、コクリとうなずいた。

昨日と同じ帰り道を、昨日と同じように、ちょっと距離を保ったまま歩く。

昨日と違うのは、純平の側に心の準備ができていたということだろう。時間は思ったほど長くない。

歩きながら純平は本題を切り出した。

「河原さぁ。昨日どうして急に、一緒に帰ろうって言ったの？」

「迷惑だった？」

純平は慌てて首を振った。

「迷惑なんかじゃないさ」

その様子を見た結佳は、微笑んだ。

「見られちゃまずい人でもいた？」

「全然。いや、嬉しかったんだけど、どうして急に一緒に帰ろうって言ったのかと思ってさ」

純平は、「嬉しかった」と言ったあとで、自分の鼓動が高鳴るのを感じた。今のやりとりで、自分に今彼女がいないことや、いいと思っている人が他にいないこと、むしろ結佳のことをいいと思っているということすら、伝えてしまったことになる。

「言わなきゃダメ？」

「ダメってことはないけど、できれば聞きたいかな……」

純平は完全に結佳にペースを握られていると感じながらもどうすることもできなかった。

結佳から答えが返ってこないままに、二人は歩き続けた。

結局、会話がないまま駅に着いてしまった。

改札前で口を開いた。

「嫌なこと聞いたんなら、謝るよ」

結佳は首を振った。少し涙目だったことに純平は驚いた。

「違うの。ごめんなさい」

そう言うと、結佳は昨日と同じ階段を駆け下りていった。

純平は、どうしていいのかわからず、しばらく呆然《ぼうぜん》としていた。

昨日以上に幸せな気分になるつもりが、後悔ばかりが浮かんでくる一日になってしまった。

「どうして、あんなことを聞いたんだ。何か嫌なことでも言ったのか」

考えれば考えるほど、激しい後悔が純平をおそった。

次の日、学校で会った結佳は、いつもと違って少しよそよそしい感じがした。あいさつもするし、話しかければ応じてくれるものの肌で感じるノリが明らかに違っていた。純平のことを避けているわけではないが、明らかに今までとは違う態度で接しようとしていることを感じさせた。

四時間目を終え、その変化に確信を持った純平は、告白するしかないと思った。

このままだと、告白をしなくても、あの幸せな毎日は帰ってこないだろう。それならもう迷うことはない。ついに、純平の中の天秤は釣り合いをなくしてしまった。

昼休みに、女友達と話している結佳のところに行って、話しかけた。

「ちょっといい？」

周りの友達は遠慮がちに、

「じゃあ、図書室で待ってるね……」

と結佳に言って離れていった。

「うん、ゴメンね。すぐ行く」

そう言って手を振ると、純平の方に向き直った。

「ちょっと話したいことがあるんだ」

純平はまじめな顔をして言った。結佳はうつむき加減でそれを聞いていたが、コクリとうなずいた。

「帰り、一緒に帰ってもらえる？」

結佳はまた同じようにコクリとうなずいた。

「じゃあ、そのとき……」

純平は、結佳の雰囲気に手応えを感じられないままに、用件が終わったので、その場を離れるしかなかった。嫌な予感だけが頭の中で渦巻いている。それを打ち消す材料として、結佳から誘われて二人で歩いた駅までの道を、何度も思い出していた。

五時間目、六時間目はまったく授業の内容が頭に入ってこなかった。

「告白をする場所はどこがいいのか……」

それだけを考えていた。駅までの道を昨日みたいな雰囲気のままで歩いて行ってからというのは考えられない。

純平は学校裏にある公園に結佳を誘うことにした。

学校のすぐ近くにあるにもかかわらず、駅とは反対方向にあるため、ほとんど誰も利用することがない場所だ。結構広い。「市民の森」という名前だけあって遊歩道が整備されている。純平は、最適な場所とタイミングを探しながら、遊歩道を歩いた。

結佳もそれについてくる。特に会話はなかったが、結佳の方から、

「話って何？」

と尋ねることもなかった。

高い木の間を縫うように続く遊歩道をしばらく歩くと、急に視界が開けて、広い場所に出た。大きな池が目の前にあった。池には鴨《かも》が泳ぎ、水中には鯉《こい》もいる。池の上にもウッドデッキの遊歩道が遠くまでずっと続いていて、そこを散歩する人も見える。

他に人影もない池のほとりの、木製ベンチにたどり着いた。

「ここだ」

純平は覚悟を決めてベンチの端に座ると、結佳に座るよう無言のまま手振りですすめた。

結佳は反対側の端に座った。

純平は思わず笑ってしまった。

「ちょっと、遠すぎない？」

結佳はベンチの真ん中あたりにずれてきた。それでも二人の間には一人分の空間ができている。

「この一人分の空間を埋めたい」

純平は息を吸い込んだ。

「話っていうのは、他でもなくて……急でゴメンなんだけど、俺、河原のことが好きで……」

純平はかけひきも、前置きもなく、一気に言った。結佳は表情を変えずにうつむいて聞いていた。

「もし、よければ、付き合ってくれないかなぁ……って思って」

純平は言い終わると、結佳の顔を見た。

相変わらず変化はなくうつむいている。ちょっと不安になった。

しばらくすると、結佳の目から涙がこぼれた。

純平はどうしていいかわからなくなり、ポケットからハンカチを取り出して結佳に渡した。昨日、結佳の涙目を見て、こういうときにさっと渡せるようにと準備してあった。

結佳は、驚いて純平の手を見つめたあとで、

「ありがとう」

と言って、そのハンカチを手に取った。少しだけ手が触れた。

しばらく無言のまま涙をぬぐっていた結佳だったが、大きく深呼吸をすると、笑顔を見

せて純平の方を向いた。

「昨日の話、覚えてる？」

「昨日のどの話？」

「どうして私が安田くんを誘ったか」

「ああ、もちろん覚えてるよ」

「あれね、実は私のワガママなんだ」

「ワガママ……？」

「二組の東《あずま》くん知ってる？　よくうちのクラスにも来るでしょ」

「ああ。話したことはないけど、顔はわかるよ」

「私ね、何度か告白されたの。そのたびに断ってるんだけど、いつも教室まで来ては、諦めないからって言われたり、駅の前で待ってたりしてしつこかったんだ」

「そんなこと、まったく知らなかった」

「四日ほど前、梶山くんにも告白されたの」

「梶山が……！」

言われて見れば、ここ数日、以前のように二人が楽しそうに話をしている様子を見ていない。妙にお互いを意識した距離感になっていたような気がする。

「私、今は無理って断ったんだ。そしたら、好きな人いるのかって聞かれて……」

純平に緊張が走った。

「そういうんじゃないって言ったの。そしたら、梶山くん、次の日にも手紙書いてきてくれて……」

純平はうなずいて聞いていた。

「私ね、告白されたからって自分の好きな人を言う必要なんてないって思ったから、そうやって返事してきたんだけど、結局私のそういう態度がますます、東くんや梶山くんに可能性を感じさせて、結果として苦しめてるんじゃないかと思うようになって、それで、安田くんと一緒にいるところを、見てもらおうと思ったの。そしたら、二人とも諦めてくれるんじゃないかって……でも、昨日聞かれてから、ふと我に返って考えたら、それって安田くんの気持ちを全然考えていなかったってことに気づいて……私の一方的な都合で、安田くんのことを利用しちゃったことに、自分自身が耐えられなくなって……」

「俺は……俺は、利用してくれただけでも嬉しいよ。でも、どうして俺だったの？」

「私の好きな人をわかってもらいたかったから……」

「それって……」

純平は意味を飲み込むのに時間がかかった。

「私も安田くんのことが好きだよ」

純平はそれからのことをあまりよく覚えていない。

ただ、目にするものすべてが素晴らしく輝いて見えた。自分の生きているこの世の中はなんて幸せな場所なんだ。そして、その中でも世界で一番幸せな人間が自分だろうと強く確信していた。

純平と結佳は二人で駅まで歩いた。

二人の距離は、それまでの友達の距離ではなくなっていた。

どちらからともなく自然と引き寄せられながら、手と手が触れそうな距離だった。

「じゃあ、また明日ね」

改札を抜けたホームへと下る階段の前で、結佳が笑顔で、そしてちょっとだけ恥ずかしそうに言った。

「ああ、また明日」

純平も笑顔で応えた。

結佳の後ろ姿を見送り、夢見心地のまま電車に乗った。気づくとすでに横浜だった。純平は、相鉄線のホームに向かった。

混雑している時間帯だったが、いつもと同じ風景も今の純平にはバラ色に見えた。ラッシュですら心躍る。そんなことで今の純平の舞い上がった気持ちを暗くすることはできない。結佳のことを思い出すと、一人ニヤニヤしてしまう。

ホームで電車を待ちながらも、思い出し笑いをこらえるのに必死だった。

やがて電車がホームに入ってきた。

列の一番前に並んでいた純平は難なく座った。

「私の好きな人をわかってもらいたかったから」

結佳の言った一言が純平の脳裏で何度もくり返された。そのときの結佳のうつむいた、恥ずかしそうにする仕草がたまらなく愛おしかった。彼女のそんな表情を見ることを許されたのは自分一人なのだ。そう思うと純平はさらにたまらなく嬉しくなった。また、笑みがこみ上げてくる。

我に返って、表情を引き締めようとする。

知らないうちに車内は混雑していた。目の前に、めいっぱい手を伸ばして吊革につかまっている老女が立っていた。

純平は、とっさに立ち上がって席を譲った。

「どうぞ」

「いいんですか？」

「ええ、もちろんです」

何だか座ってじっとしていられるような気分ではなかった。むしろ立っていたい。

「ありがとう、助かります」

「どういたしまして」

純平は立ち上がると吊革につかまって窓の外を見た。

動き出した電車からの眺めは、いつもと変わらない。ため息が出る満員の車内もいつもどおりだ。でも、自分の心の状態が変わっただけで、何もかも素晴らしい世界に見えてくる。

これから、どんな楽しい毎日が待っているのだろうか。

考えただけで、ワクワクしてくる。

そういえば、二人で自分の住んでいる街や、お店の話をしたことがあった。

今度デートに誘ってみよう。

純平の住んでいる街に、オシャレなカフェがある。結佳にも一度その話をした。まだ一度も入ったことがないが、外から見た雰囲気が素敵だ。一度、高校生が一人で勉強をしている姿を外から見たことがある。

「オシャレな高校生もいるもんだ」

と思いながら通り過ぎたが、いつか自分もあっち側で勉強でもしてみようかと何となく思っていた。

結佳のことが気になりだしてからは、

「結佳と付き合うことができたら、二人でこんなカフェとかにも来てみたい」

前を通るたびにそんなことを考えていた。

「今日、帰りに寄ってみようか。たしか……お店の名前はgで始まる単語だったけど、あれってなんて読むんだっけ……」

純平は車窓に流れる景色を見ながら、飽きることなく、結佳とのこれからのことを考え続けていた。

電車が三《み》ツ境《きょう》駅のホームに滑り込むと、目の前の老人が重そうに腰を上げた。純平は手を差し伸べて、立ち上がる手伝いをした。

「すまないねぇ。お兄さんのおかげで本当に助かりました。代わりに立ってもらって申し訳ないね。ありがとう」

「いいえ、全然いいんです。気にしないでください」

その老人は純平に対して何度もお辞儀をして、降りていった。目の前の座席が空いていている。隣のサラリーマン風の男性から肩を叩《たた》かれた。

「座りなよ」

純平は笑顔を見せた。

「大丈夫っす。全然疲れてないんで。それに、どうせ次降りるんですよ。だから、座ってください」

その男性も微笑んだ。

「そう。でも私も次降りるからいいんだ」

結局、目の前の座席は空いたまま、瀬谷駅に到着した。


改札を出て、右に曲がる。

ここ数年で駅の周りの様子はどんどん変わっている。純平にもそのことは感じられた。

『いちょう通り商店街』という古くからあるちょっとレトロな商店街。日本で一番短い商店街と純平は呼んでいるが、あっという間に端にたどり着いてしまう。その一番端にそのカフェはある。

『ginkgo cafe』という名前だ。

コンクリート打ちっ放しの壁に、水色の入口。白で塗装された木枠の大きな窓からは中の様子がはっきりと見えて、雰囲気が明るい。

純平は恐る恐る扉を開けた。

一瞬店内の視線が純平に集まるが、次の瞬間何事もなかったかのようにすべての視線が散らばった。

「一人ですけど、いいですか？」

カウンターの中の女性は優しい笑顔で純平を迎え入れてくれた。

「どうぞ、純平くん」

「えっ？」

純平は驚いて、カウンター内の女性を見た。どうして自分のことを知っているのか。

「忘れちゃった？　純平くん、よくうちに遊びに来てたでしょ」

「ああ、修一《しゅういち》のお母さん！」

それは、純平が小学校時代よく遊んだ友達のお母さんだった。

「ここでバイトしてるんですか？」

「ううん」

その女性は首を振った。

「ここ、私の店なの」

「ええ！　そうなんですか？」

「そう。来てくれて嬉しいわ。どうぞ、好きなところに座って」

純平はカウンターの正面にある、大人数が座れるテーブルの一角に座って、店の中を見回した。奥のテーブル席では四人の主婦が話している。笑い声や会話が店の中に響いていた。

「また明日もサッカーの大会なのよ。今日練習で使ったユニフォームを明日も使うんだから洗濯するのも大変だし、結局サッカークラブだって、お母さんの協力前提で遠征とか試合とか組むもんだから、駅から試合会場までの車の運転だって、私の車をあてにされてて、何回も往復するのよ。その割に『ガソリン代、出しましょうか』なんて一度も言われたことがないんだから……」

「大変ね。野球も同じよ……」

主婦たちのお互いの主張は収まりそうもなかったが、純平は聞き流して、店に流れる音楽に耳を傾けるよう努めた。

「いいお店ですね」

「ありがとう。何にする？」

「ええと、じゃあ、アイスコーヒーください」

黒木真由美《くろきまゆみ》はカウンターの中に入ってグラスを用意しながら、純平に話しかけ続けた。

「純平くん、何かいいことあったでしょ」

「えっ、ああ。まあ」

純平は、とっさのことに思わず身体が硬直した。

「やっぱりね」

「どうして、そんなことがわかるんですか？」

「だって、さっきから顔がにやけっぱなしだもん。彼女でもできた？」

「あっ、まあ、そんなところです」

純平は図星をさされてつい返事をしたが、まあ隠す意味もない。どうせこの店に連れてくるつもりだったんだから。

「へぇ、おめでとう」

真由美は嬉しそうにアイスコーヒーを持ってきた。

純平の前にコースターを置いて、その上にアイスコーヒーの入ったグラスを置きながら、真由美は言った。

「いつから、付き合ってんの？」

「今日です」

純平は恥ずかしそうに、頭をかいた。

「いいねぇ、青春だね。ずっと続くといいね」

「そうっすね。どうしたらずっと続きますかね」

純平は思わず聞いた。

「さあね、私にもわからないけど、今はあまり先のことを考えずに、目の前のその子を大切にし続けることが一番じゃないかしら」

「そうっすね」

純平はそう言うと、アイスコーヒーにストローをさして、一口飲んだ。苦い味が口の中に広がり、慌ててガムシロップを入れた。

「今度、この店に連れてきます」

純平は真由美に言った。

「そう。楽しみにしてるね」

真由美は嬉しそうに言った。

「One World」に込めた思い

僕たちはたくさんの人と関わりを持って生きています。毎日顔を合わせるような深いものから、ある日、あるとき、たまたま隣に座ったという「袖触れ合う」程度のものまで。それらすべての他人との関わり、経験したすべてのことから、僕たちは何かを感じ、少しずつ、ときには大胆に自分の中に取り込み、自分というものをつくっていきます。

この作品は、短編集のように見えて、つながりを持った一つの長編であり、僕たちの人生そのものを表しています。それぞれの物語を楽しむだけではなく、それぞれの人生は、他者の人生と切り離すことができない縁でつながっていて、別々の物語のようにみえて、実はそれが一つの長編の物語になっていることを感じてもらいたい。「One World」というタイトルには、そんな思いが込められています。

すべての人が、ある人の人生では、主人公の人生を支えるような何かを教えたり、気づかせたりする脇役を演じると同時に、自分の人生の主人公でもあります。そしてそれを支える脇役がいて……物語を一つ挟むと、それぞれの主人公同士は面識もなければ出会うこともありません。それでも、間にいる一人の人間によってつながっている。世の中というのは、出会っていない人も含めてすべての人がつながっているのです。

そして、主人公としての自分の人生で、また、脇役としての他人の人生で、どんな役を演じ、どんな物語を作っていくのかは、自分で決めることができる。いわば、監督も脚本もすべて自分がおこなっているのです。

どうせ、自分で決めることができるなら、やはり自分が心から演じたいと思えるような役を演じたいものです。

それに、誰かが社会や、時代や、世の中の状況を大きく変えてくれることを待つよりも、主人公である自分の機嫌は自分で取ること、そして脇役である他人の人生の中で誰かを少しでも喜ばせようとすること、つまり世界平和を望む前に、自分の周りを平和にするような人になることが、自分の人生だけでなく、結果的に世の中の平和に一番貢献する生き方につながるのだと思います。

最初の「ユニフォーム」を読み始めたとき、新しい物語のスタートにワクワクした読者も多かったことでしょう（そうであってほしいという著者としての希望的観測も多分にありますが）。佳純という少年が、自分が主人公の自分の人生に、少しだけ自信が持てるようになる物語を、自分の息子を、そして幼い頃の自分自身を応援するようなつもりで読み進めてくれたのではないかと思います。そして、最後の「恋の力」を読み終え、一つの物語の終わりをかみ締めながら、余韻に浸り、この「あとがき」を読んでくださっているのなら、もう一度、最初に戻って「ユニフォーム」を読み返してみてください。

そこには結佳という主人公（佳純の母親）が、自分が主人公の人生で、少しだけ自信が持てるようになった物語を感じることができると思います。

そう、物語は終わりではなく、果てしなく続いていきますし、読み始めたときに「始まった」と思った物語も、実は途中だったわけです。つまり、この本はどこから読み始めてもすべてがつながっている輪のような構造になっています。

それは、僕たちの人生そのもの。

どこで誰とつながっているのか、自分ではわからないけど、実はいろんなところですべての人がつながり合って生きている。その恩恵を受けて、今の僕たちの人生はできあがっているのです。

そのことが、実感として感じられれば、自分から発せられる一つの言葉や、一つの表情で、世界を変えられること、つまり、

「少しでも目の前の人を明るくすることで世界をよくできる」

と確信が持てるのではないかと思ったのが、この物語を書き始めたきっかけになりました。

この作品を読み終え、主人公としての自分の人生をどう生きるか。そして、どんな脇役として他人の人生に登場するのか。ちょっと考えてみるきっかけにしていただければ幸いです。

「物語の発想はどんなところから生まれるんですか?」

そう聞かれることが多いです。

『私が一番受けたいココロの授業』の著者としても有名な比田井和孝さんの紹介で、炭焼き職人の原伸介さん、舞台演出家・俳優の望月龍平さんと初めてお会いしたときに、「高級束子」の話になりました。原さんに教えていただいて初めてそのタワシの存在を知ったのですが、

「次の作品では、ぜひタワシを題材にしてくださいよ」

冗談とも本気ともとれそうな、そんなやりとりの中に、今回の物語のヒントは転がって

いたわけです。もちろん、他にもたくさんのご縁や経験からこの物語は生まれています。ですから、強いて言えば、僕の人生にこれまで登場してくれたすべての人のおかげで、物語は生まれているわけです。
そんなすべての人との出会いに、心より感謝を申し上げて、「あとがき」とさせていただきます。

平成二六年九月

著者記す

喜多川 泰（きたがわ・やすし）
1970年、東京都生まれ。愛媛県西条市に育つ。東京学芸大学卒。98年、横浜市に学習塾「聡明舎」を創立。人間的成長を重視した、まったく新しい学習塾として地域で話題となる。2005年に作家としての活動を開始。その独特の世界観は多くの人々に愛されている。作品に『「また、必ず会おう」と誰もが言った。』（13年に映画化）、『おいべっさんと不思議な母子』（以上、小社）、『賢者の書』『君と会えたから…』『手紙屋』『手紙屋 蛍雪篇』『上京物語』『スタートライン』『ライフトラベラー』（以上、ディスカヴァー・トゥエンティワン）、『「福」に憑かれた男』（総合法令出版）、『心晴日和』（幻冬舎）、『母さんのコロッケ』（大和書房）がある。執筆活動だけでなく、全国各地で講演を行い、連続講座「親学塾」も毎年全国で開催中。現在も横浜市と大和市にある聡明舎で中高生の指導にあたっている。

喜多川泰のホームページ
http://www.tegamiya.jp/

One World

2014年10月30日 初版発行
2023年 1 月30日 第6刷発行

著　者　喜多川泰
発行人　植木宣隆
発行所　株式会社 サンマーク出版
〒169-0075
東京都新宿区高田馬場 2-16-11
（電）03-5272-3166

印　刷　株式会社暁印刷
製　本　株式会社若林製本工場
編集担当　鈴木七沖・高瀬沙昌

ISBN978-4-7631-3417-2 C0095
ホームページ　https://www.sunmark.co.jp

全国から感動の声が続々届いています！

■ちょうど主人公と同じ世代ということで、自分の心にとても響いた作品でした。人との出会いの大切さ、また、出会いはお金じゃ買えないことにも気付きました。自分も旅に出て多くの人に出会いたいと思います。すばらしい本をありがとう！　（17歳・女子高校生）

■一気に読みました。感動で涙が止まらず、鼻水をすすりながら読みました。読み終えた後、なんだかすっきりしたような気分でした。　（52歳・男性・会社員）

■人の生き方について、とても考えさせられるところがあり、感激した。14歳という若いうちにこの本に出会えて本当によかった。　（14歳・男子中学生）

■感動です！　こんなに一気に読んだのは初めてです。胸が熱くなりました。教えられることが沢山ありました。若い時にこのような本と出会っていたならと…。還暦を過ぎた今でも模索の毎日です。でも、読めたのがそれごと必然なのでしょうか？　（61歳・主婦）

■人との出会いが自分の財産となることがわかりました。今後、学校の人や習い事の生徒、沢山の人と会話を積極的にしていきたいです。　（17歳・女子高校生）

■心があったかくなるような本が読みたいと思っていたところ、TVで本のソムリエの方がこの本を紹介していて、すぐ書店に買いに行きました。人が生きるうえで大切なことを、この本を通じて私も学ぶことができました。
（26歳・女性・会社員）